龍の懺悔、Dr.の狂熱

樹生かなめ

white heart

講談社X文庫

目次

橘高正宗
【きったか まさむね】
清和の養父。
眞鍋組顧問。
祐
【たすく】
眞鍋組の参謀。
安部の息子のような存在。
安部信一郎
【あべ しんいちろう】
正宗の右腕であり舎弟頭。
眞鍋組組員の信望が厚い。
橘高典子
【きったか のりこ】
清和の養母。
リキ
清和の右腕。
眞鍋の虎と呼ばれる。
橘高清和
【きったか せいわ】
眞鍋組二代目組長。
氷川の恋人。
氷川
氷川諒一
【ひかわ りょういち】
清和の恋人。
明和病院に勤める
美貌の内科医。

人物紹介

京介
【きょうすけ】
ホストクラブ・ジュリアスの人気ホスト。ショウの幼馴染み。
サメ
眞鍋組の諜報部隊トップ。
ショウ
清和の舎弟。眞鍋組の特攻隊長。
吾郎
【ごろう】
清和の舎弟。
卓
【すぐる】
清和の舎弟。箱根の旧家出身。
宇治
【うじ】
清和の舎弟。
信司
【しんじ】
清和の舎弟。摩訶不思議の信司と呼ばれる。

イラストレーション／奈《な》良《ら》千《ち》春《はる》

龍《りゅう》の懺悔《ざんげ》、Dr.《ドクター》の狂熱《きょうねつ》

1

氷川諒一《ひかわりょういち》は愛《いと》しい男と一緒に暮らしていた眞鍋《まなべ》第三ビルに到着した。地下の駐車場では清和《せいわ》の腹心の舎弟たちが並んでいる。

以前と同じように、氷川のために後部座席のドアが開けられた。

「祐《たすく》くん、ありがとう」

氷川は満面の笑みを浮かべ、後部座席から降りた。

その瞬間、言葉を失った。

祐の背後に華やかな美女の軍団が控《ひか》えている。彼女たちは氷川と橘高《きったか》清和を歓迎するコンパニオンではない。

天下分け目の合戦か、パオーン、とどこかで合戦の合図のほら貝が響き渡ったような気がした。

「姐《あね》さん……あ、俺としたことが失礼しました。組長を放って和歌山《わかやま》の山奥くんだりにまで家出する人は、もはや眞鍋の姐さんのはずがありませんね」

祐はにっこり微笑《ほほえ》んでから、氷川に一歩近づいた。カツーン、というフェラガモの革靴の音がやけに響く。

「……先生、氷川先生ですね」

祐は秀麗な美貌《びぼう》を輝かせ、氷川の敬称を変えた。眞鍋組で最も汚いシナリオを書く参謀の背後には、青白い火柱とともに不動明王《ふどうみょうおう》が浮かんでいる。

ひっ、と短い悲鳴を零《こぼ》したのは、真《ま》っ直《す》ぐすぎるショウだ。眞鍋組が誇る特攻隊長も、祐には心の底から怯《おび》えている。もっとも、鬱憤《うっぷん》を溜《た》め込《こ》んだ祐は、吾郎《ごろう》や宇治《うじ》といったほかの構成員たちも恐れていた。

ピリピリピリピリピリピリピリピリ、という緊張が走り続け、いくつもの陰惨な修羅場《しゅらば》を乗り越えてきた眞鍋組の精鋭たちは今にも倒れそうだ。

「氷川先生の荷物は二代目の部屋から晴海《はるみ》の倉庫に移しました」

祐はわざとらしいぐらい優しい声音で、清和のプライベートルームから氷川の荷物を運びだしたことを明かした。

逃げたい、とショウがポツリと漏らした一言で、やっと氷川は自分を取り戻す。清和の表情はこれといって変わらないが、氷川の隣で動揺していることは間違いない。

チラリ、と氷川が問《と》い質《ただ》すような目で清和を見上げる。

俺は知らない、何も知らない、祐が勝手にやりやがったんだ、怒るな、泣くな、と清和は鋭い目だけで語った。……いや、言い訳したような気がした。

氷川はなんとなくだが、清和の心情を読み取ることができる。伊達《だて》に清和のおむつの世話はしていない。とりあえず、この場で清和が役に立たないことは確かだ。

「氷川先生、氷川先生の荷物はどこに送ればいいのでしょうか？」

祐に艶然《えんぜん》と微笑まれ、氷川は溜め息をついた。

「祐くん、疲れているんでしょう。こんなことをしている暇があるの？」

若くして不夜城の覇者となった清和は侮《あなど》られ、今でも眞鍋組のシマは多くの組織に狙《ねら》われている。氷川でさえ、不夜城への進出を目論《もくろ》んでいる組織の名をいくつもあげられるほどだ。

「先生、俺のことはお気になさらず。何分にも一刻も早く、眞鍋組の二代目姐を決めなければなりませんので」

二代目姐候補です、と祐は背後にズラリと控えた美女たちを示唆《しさ》した。

どうして帰ってきたのよ、永遠に帰ってこなくてよかったのよ、あのまま消えてくれたらよかったのに、今からでも消えてよ、と眞鍋組の二代目姐候補たちの目は憎悪の矢となって氷川を貫《つらぬ》く。彼女たちに比べたら、眞鍋が誇る精鋭たちはヒヨコのようなものだ。なんて可愛《かわい》い。

逃げる、俺はもう逃げる、とショウはゾンビのような顔で出入り口に向かったが、祐の冷たい視線で動きを封じ込められた。

ひくっ、と涙目のショウの喉《のど》が鳴る。

ここで祐の命令に反したら、後でどうなるか、ショウは身に染《し》みて知っている。

ショウ、連帯責任を問われる、と顔面蒼白《がんめんそうはく》の吾郎が小声で囁《ささや》き、ショウを思《おも》い留《とど》まらせた。

清和の無表情にはさらに磨《みが》きがかかり、見ようによってはどこかで展示されている蠟人《ろうにん》形《ぎょう》そのものだ。

祐と張り合えるのは氷川しかいない。

正確に言えば、氷川に張り合えるのは祐しかいない。

「祐くん、また痩《や》せたね」

氷川は内科医という職業柄、ヤクザ顔負けの殺気を漲《みなぎ》らせている二代目姐候補たちやぶるぶる震える構成員たちより、祐の痩せ細った身体《からだ》が気にかかる。祐は無理をするからなおさらだ。

「先生、何度も言わせないでください。俺のことはいいんです」

「それ以上、痩せたらまた倒れるよ」

「その時は先生に診《み》てもらいます……いえいえ、先生の次の勤務先がどこになるのかわかりませんからね。和歌山の山奥の次は山形《やまがた》の山奥かもしれませんし、北海道《ほっかいどう》の奥地か九州の果てかもしれませんし、どこかの島かもしれませんし……」

どこに飛んでいくかわからない氷川先生に診《み》てもらうことは諦《あきら》めました、と祐は嫌みたっぷりにつらつらと連ねた。

　祐の嫌みは久しぶりに聞くが、氷川はさしてダメージを食らわない。

「和歌山、今回のケースは稀《まれ》だよ」

　指導教授が名古屋《なごや》の学会に出席する関係で、氷川も東京を出立した。当初は名古屋で一泊したら、東京に戻る予定だったのだ。けれど、指導教授と懇意にしている丸不二川田《まるふじかわだ》院長の連携プレイによる騙《だま》し討《う》ちのような形で、そのまま和歌山の山奥にある病院に連れていかれた。

「いえいえ、氷川先生がその気になれば、いつでも戻ってこられたはずです……ああ、こんなことを言ってる場合ではない。お察しの通り、俺には時間がない」

　祐はどこか芝居がかった仕草で、二代目姐候補の美女たちを指した。何をしても絵になる美男子だ。

「先生、眞鍋組の二代目姐には誰が相応《ふさわ》しいと思いますか？」

「どうして僕に聞くの？」

　ふんっ、と氷川はそっぽを向いた。わざわざ氷川に聞くあたり、祐の意趣返し以外の何物でもない。

「まず、氷川先生のご意見をお聞きするのが妥当かと」

　眞鍋組の二代目姐の立場を理解できるのか、理解する気があるのか、祐は今後のために氷川に挑んできたような気がしないでもない。もし、祐が本気で氷川を拒《こば》んでいたなら、眞鍋第三ビルの駐車場には辿《たど》り着《つ》けなかったはずだ。氷川も底の知れない祐の実力はきちんと把握している。

「眞鍋組の二代目組長は清和くんのお嫁さんでしょう？」

「そうです。二代目姐は清和くんのお嫁さんでしょう？」

「そうです。二代目組長を何よりも大事にするのが二代目姐です。姐ならば決して組長をおいて僻地《へきち》勤務に励《はげ》んだりしてはいけません。そこのところ、彼女たちはよく理解しています」

どんな理由があれ、自ら清和の元を離れた氷川の罪は大きい。そのうえ、患者のためとはいえ、氷川はなかなか和歌山の山奥から帰らなかった。下手《へた》をしたら、医師不足の病院に縛りつけられるところだった。

「そうなの」

「どの女性たちも素晴らしい」

「うん、みんな、若くて綺麗《きれい》だね」

「氷川先生、二代目の姐さんは誰がいいと思いますか？」

ここで氷川が誰か選べば、どうなるのだろう。さしあたって、清和の機嫌が悪くなることはわかっている。祐にしてもほかの構成員たちにしてもそうだ。

かといって、ここで自分が二代目姐であると宣言すれば、耳にタコができた極道の妻の心得をよってたかって叩《たた》き込《こ》まれるだろう。二度と内科医としての仕事ができなくなるかもしれない。

「祐くん、聞く相手を間違えているよ。どうして清和くん本人に聞かないの？」

氷川は慈愛に満ちた微笑を浮かべ、隣に立つ清和の胸を叩いた。依然として、背中に極彩色の昇《のぼ》り龍《りゅう》を背負う極道は固まっている。

「二代目の気持ちは伺っていますから」

清和の心は一貫して変わらない。情熱的で一途《いちず》な愛を十歳年上の幼馴染《おさななじ》みに注いでいるのだ。

それは、氷川もよくわかっている。

「じゃあ、清和くんの希望通りにしてあげなよ」

氷川が悪戯《いたずら》っ子《こ》のような顔で言うと、祐は辛《つら》そうに首を振った。

「二代目の希望に添うと、眞鍋組が壊滅するかもしれません」

この核弾頭め、と祐は言外で詰《なじ》っている。眞鍋組の最要注意人物のトップは次点を大きく引き離して氷川だ。

「このご時世だし、みんなでヤクザから足を洗ったほうがいいと思うよ」

氷川は花が咲いたように笑ったが、周囲の面々からは物悲しいエネルギーが発散された。今にも駐車場の壁が崩れ落ちそうな気配さえある。

「このご時世、眞鍋をたたんだら、構成員は全員、路頭に迷う」

「大丈夫、清和くんならなんとかできるよ。祐くんやリキくんもついていたら……あれ？リキくんは？」

氷川はいつも清和の影のように従っている松本力也《まつもとりきや》ことリキの不在に気づいた。ゾンビ集団と化している清和の舎弟たちの中に鋼のような極道がいない。彼は背中に刻んだ極彩色の虎《とら》から、『眞鍋の虎』と呼ばれている精強な男だ。

「眞鍋の虎は二代目のプライベートにはいっさいタッチしません」

眞鍋の虎、という祐の声音に棘《とげ》があった。少しぐらいタッチしろ、というリキに対する不満が伝わってくる。

「ああ、リキくんはそうだよね」

氷川が納得したように相槌《あいづち》を打った時、とうとう耐えられなくなったのか、和服姿の二代目姐候補のひとりが口を挟んだ。

「氷川先生のお話はもうよろしいでしょう。早く二代目姐を選んでほしいわ」

「そうよ、私はすべてのアポをキャンセルしてやってきたのよ。すぐに清和さんの妻を選んでちょうだい」

「結婚となれば忙しくなるわ。こんなところでモタモタしていられないの。決めてちょうだい」

いずれも目の覚めるような美女ばかりで、誰もが自分こそ眞鍋組の二代目姐に選ばれるという自信に満《み》ち溢《あふ》れている。

ただ、氷川は見惚《みと》れることもなければ、圧倒されることもない。患者に向き合う時と同じように清和に声をかけた。

「清和くん、決断を下すのは君です」

ポンポン、と氷川は清和の逞《たくま》しい肩を叩いてから、駐車場の出入り口に向かって悠々と歩きだした。

もちろん、木偶《でく》の坊《ぼう》と化している清和からは、なんの反応もない。表情こそ普段と変わらないが、眞鍋の昇り龍として畏怖《いふ》されている迫力は今の清和にはなかった。

情けない、頼りにならない、と氷川は十歳年下の愛しい男を嫌うことができない。

「氷川先生、どこに行かれるのですか？」

スタスタと歩きだした氷川の背に、祐の険を含んだ甘い声が突き刺さる。逃げるな、と叫んでいるかのようだ。

「眞鍋組の二代目姐を選べるのは二代目と二代目の舎弟さんたちです。僕の出る幕ではありません」

初めて会った時、氷川は十二歳で青いベビー服を着ていた清和は二歳だった。氷川は幼い清和のおむつを替えたこともある。本当の弟のように可愛がっていた。清和も本当の兄のように慕《した》ってくれたものだ。

氷川が大学受験を控えた雪の日、清和は眉間《みけん》に傷のある大男にさらわれた。再会した時、清和は指定暴力団・眞鍋組の金看板を背負う極道になっていた。そして、一途で情熱的な愛を氷川に注いできた。

氷川自身、予想だにしていなかった二代目姐という座だ。望むどころか、考えたことさえなかった。

清和に求められたから、氷川は二代目姐として遇されている。二代目姐について決めるのは、氷川ではなく二代目組長である清和だ。

「ですから、どこに行かれるのですか?」

祐の甘い声に含まれる棘がさらに鋭くなった。

ひぐぅ、ぐふぅっっ、ぶほぉぅっっ、とショウは宇治に縋《すが》りついたまま、人外の悲鳴を漏らし続けている。

「清水谷《しみずたに》の医局に顔を出してきます」

氷川は名門と謳《うた》われている清水谷学園大学の医局員だ。絶対的な権限を持つ医局の指示によって動いている。

「そんなに仕事が大切ですか?」

二代目より仕事が大事ですか、と祐は暗に聞いている。

極道の妻の心構えは『一に組長、二に組長、三、四がなくて五に組長』だという。仕事のために、組長を放って地方の僻地に行くなど、言語道断の所業だ。

氷川にしても祐に詰られる理由もわかるが、確固たるポリシーがあった。

「清和くんが地位を追われてお金に困ったら養うのは僕です。医者として腕を磨いておかないと、いざという時、清和くんを助けられない」

氷川にとって清和は命より大切な存在である。愛しい男と仕事を比べるまでもない。しかし、清和は普通の男ではなく修羅の世界で闘っている極道だ。彼を守る力をちゃんとつけておきたい。何かあった時、医師という肩書や腕、収入は愛しい男を守る盾になるだろう。

氷川が堂々とした足取りで出入り口に進むと、二代目姐候補たちからヒステリックな声が上がった。

「何よ、清和さんが組を追われたら私が養うわ」

眞鍋組資本の芸能プロダクションに在籍しているAV女優が叫ぶと、かつて一世を風靡《ふうび》したストリッパーも怒鳴った。

「あんたみたいな女にソープ勤めは無理よっ。私は清和さんのためならソープ勤めも平気よっ」

夫のためなら風俗に身を堕《お》としてでも稼ぐのが極道の妻だ。いつか、清和も不夜城の覇者の座から引《ひ》き摺《ず》り下《お》ろされるかもしれない。

「あんたこそ、ソープは無理だわ。せいぜい、立ちんぼくらいよ」

「私なら今の仕事で二代目を支えられるわ。あなたたち、弁《わきま》えなさいよ」

「ババア、でしゃばるな。清和さんより五つも年上でしょう」

「今時、五つぐらい何よ」

男の姐さんは十歳も年上の大ババアじゃない、と二十五歳の夜の蝶《ちょう》が言い返している。

「京子《きょうこ》がいない今、清和さんの妻に一番相応しいのは私よ。あんたたち、鏡をよく見てちょうだい……痛いっ、何をするのよ」

和服姿の美女に人気ナンバーワンのキャバクラ嬢が金のライターを投げつけた。それまで辛《かろ》うじて保っていた共同戦線が一気に崩れる。

「……やっ、やったわね。死ねっ」

「死ぬのはあんたよっ」

とうとう、清和を巡る美女たちの取っ組み合いの戦いが始まった。それぞれ、おとなしくて真面目《まじめ》な少女時代を送ってきたわけではない。欲しいものは腕ずくでも奪う美女たちだ。

「……お、おい、やめろ」

宇治が真っ青になって美女たちを止めようとしたが、ヌードモデルの長い爪《つめ》で頬《ほお》を引っかかれただけだ。なかなかの威力である。

「……ま、待て、待ちやがれ。武器は使うな」

吾郎は元タレントだったホステスの手にジャックナイフを見つけ、慌てて取り上げようとした。

だが、元タレントのホステスを売り出し中の女優の拳銃《けんじゅう》が狙っている。

「……うわっ、チャカまでっ」

ああああああああ～っ、うううううううううううう～っ、うぉぉぉぉぉぉぉぉ～っ、とショウは獣の雄叫《おたけ》びにも似た声を上げて、コンクリートの地面にへたり込む。

「まぁ、核弾頭が素直に詫《わ》びるとは思っていなかったけど」

祐はシニカルに口元を緩《ゆる》めると、呆然《ぼうぜん》と立《た》ち竦《すく》む清和の背中を叩いた。覚醒《かくせい》させるかのように勢いよく。

当然、氷川はどんな絶叫や破壊音が背中から聞こえてきても、振り返ったりしない。ショウの雄叫びも吾郎の泣き声も無視して、修羅場と化した駐車場を出た。

すると、駐車場の前に氷川の舎弟を名乗る桐嶋《きりしま》組の組長が立っている。桐嶋元紀《もとき》、真っ直ぐで純粋な熱血漢だ。

「姐さん、どこに行くんや？」

桐嶋に白い百合《ゆり》の花束を差しだされ、氷川は苦笑いを浮かべて受け取った。

「桐嶋さん、僕はもう姐さんじゃないみたいだけど？」

氷川が駐車場での出来事を仄《ほの》めかせると、桐嶋は長めの髪の毛を乱暴な手つきで掻《か》いた。

「……ああ、やっぱり、祐ちんが負けたんやな」

やめとけ、って俺は止めたんやで、と桐嶋は目をぐるぐるさせて続ける。これみよがしに、地面に転がっていた小石を蹴《け》った。

「それで？　桐嶋さんはここで僕を見張っているように祐くんに言われたの？」

祐がシナリオを書いたのならば、この場に桐嶋がいるのは偶然ではない。氷川の忠実な舎弟は、時に祐の駒《こま》にもなる。

「そうや、眞鍋の色男に恩を売るチャンスなんてそうそうあらへんから」

氷川の存在が大きいが、桐嶋と清和はいい関係を結んでいる。清和が敵に追い詰められた時も、桐嶋は決して立場を変えようとはしなかった。

けれど、桐嶋が誰よりも大切にしている藤堂和真《とうどうかずま》の存在がネックだ。何しろ、かつて藤堂は藤堂組の組長として清和の前に立《た》ち塞《ふさ》がり、ありとあらゆる妨害を仕掛けてきた。清和にとっては宿敵である。

「ふ～ん、藤堂さんも一緒なんだ」

氷川は桐嶋の背後に、白いスーツを上品に着こなした紳士を見つけた。どこからどう見ても、小汚い手を使うことで有名だった元藤堂組の組長には見えない。

覚醒剤を取り扱えば台所は潤《うるお》うが、極道界では『薬屋』として侮蔑《ぶべつ》される。清和は覚醒剤の売買を禁止したが、藤堂は覚醒剤の売買で大きな利益を上げた。今でも藤堂を『薬屋』と蔑《さげす》む輩《やから》が多いことを、氷川もそれとなく耳に入ってくる話で知っている。

「当たり前や。こっちのお嬢さんも見張ってへんとヤバい」

藤堂が清和との戦いに敗れ、日本を去った後、行方はまったく摑《つか》めなかった。しかし、藤堂が再び姿を現してからというもの、桐嶋は不眠不休で張りついている。どこに行くにも藤堂を連れ回して、目を離さない。

「ふたりで仲良く、元気でね」

氷川は優しく微笑むと、スタスタと歩きだした。いつまでも眞鍋第三ビルの前で立ち話をしているわけにはいかない。

「せやから、姐さん、どこに行くんや？」

「医局に顔を出してくる」

「ダーリンが美女軍団に食われたらどないするんや？」

桐嶋の言葉を想像しかけ、氷川は打ち消すように首を振った。白い百合の芳醇《ほうじゅん》な香りを嗅《か》いで自分を落ち着かせる。

落ち着いたはずなのに、氷川の口は無意識に動いていた。

「……ん……僕も人の命を預かる医者だから血なまぐさいことはしたくないんだけどね……」

氷川は日本人形のようにたおやかな外見を裏切る性格の持ち主だ。そのことは桐嶋もいやというほど知っていた。

「姐さん、物騒なことを考えてるんやな」

桐嶋と藤堂はどちらからともなく視線を合わせ、ふっ、と鼻で笑い飛ばした。氷川の問答無用の荒業がなければ、藤堂が藤堂組を解散させることもなかっただろうし、桐嶋が桐嶋組を立ち上げることもなかった。何より、こうやって、また藤堂が桐嶋の元にいることもなかったに違いない。

「あの場所に僕はいないほうがいいと思う」

氷川はあえて清和を乞《こ》う美女たちと同じ土俵に上がらない。誰よりも深く清和を愛している自負があるから。

「そやな。眞鍋の色男のメンツがなくなるわ」

氷川は桐嶋の言葉に瞬《まばた》きを繰り返した。

「……うん？　清和くんのメンツ？」

「戻ってきてくれ、って姐さんに泣いて縋る眞鍋の色男の姿を美女軍団に晒《さら》すわけにはいかへん」

　桐嶋は意味深に口元を緩め、藤堂も楽しそうに目を細める。氷川は弱点のなかった清和にできた初めての弱点だ。

　それゆえ、いろいろな組織が氷川を狙った。藤堂も極道としての最後の戦いでは氷川を人質に取ろうとした。

　氷川を人質に取られたら、眞鍋組の男たちは手出しができないからだ。

「清和くんは何も言ってくれなかったけど」

「人間、本当にびっくりしたら何も言えへん。カチンコチンになっとうだけや」

　俺に送らせてな、と桐嶋は氷川のために愛車の後部座席のドアを開けた。だが、氷川は手を振った。

「桐嶋さん、清水谷の医局だからタクシーで行くよ」

「姐さん、もう遅いで。清水谷の医局は明日でええやろ。第一、ヘリを使っておらんかったら、まだ東京にはついとらへんで。なんて言い訳するんや」

　和歌山の山奥でヘリコプターと清和を見た時、氷川はキツネかタヌキに化かされたのかと思った。ヘリコプターを操縦していたサメとは、眞鍋組のシマに入る前に別れたが、彼はきっとこの騒動を回避したに違いない。

「それもそうか」

氷川は清和の取った行動について考えた。ヘリコプターの中でサメはさんざん愚痴《ぐち》を零していたが、清和はありとあらゆるアポイントメントを勝手にキャンセルし、祐がつけた見張り役の構成員たちをまいて、和歌山の山奥まで氷川を迎えにやってきたのだ。サメは清和に拳銃で脅《おど》され、従うしかなかったという。

今回、とんでもない無理をした眞鍋組二代目組長の行動も、祐の怒りのボルテージを確実に上げた。

「ダーリンのところに戻りや」

別れられへんやろ、と桐嶋の目は優しく語っている。

「わかってる」

「ほな、京介《きょうすけ》ちんところで景気づけにぱぁ～っ、とやってから帰ろ」

その頃になったら美女軍団の合戦にも収拾がついとうはずや、と桐嶋はどこか遠い目で続けた。

「な？　な？　な？　姐さん、そうしような？」

桐嶋に切々と口説かれ、氷川は苦笑を漏らしながら承諾した。

氷川もこのまま清和や祐と離れる気は毛頭ないからだ。

2

桐嶋《きりしま》の愛車から降りた時、氷川《ひかわ》はさっきからあった妙な違和感を再確認した。

清和《せいわ》が統べる不夜城はギラギラしているネオンの洪水に彩《いろど》られ、風に揺れる木々の音や獣の鳴き声は聞こえない。ホストクラブ・ジュリアスの前で夜空を見上げても、星はまったく見えなかった。

「夜なのにお店が開いている」

氷川が感嘆したように言うと、桐嶋は手をぶんぶん振った。

「姐《あね》さん、ここは和歌山《わかやま》の山奥ちゃいます。ヤクの売人かておるわ」

消えろ、と桐嶋はランジェリーショップの看板の前に立つ若い男を横目で睨《にら》み据《す》えた。

その瞬間、若い男は脱兎《だっと》の如《ごと》く駆けだしていく。ただ、若い男は桐嶋の傍《かたわ》らに立つ藤堂《とうどう》に何か言いたかったようだが。

一瞬のことなので、氷川は桐嶋が何をしたのかわからなかった。

「……桐嶋さん？」

桐嶋は何事もなかったかのように、手を振りながら氷川に言葉を向けた。

「姐さん、ここは東京でっせ。大都会や」

「夜なのに人が起きている」

　こんな時間まで起きていて明日の診察に来れるのか、と氷川はそこまで考えて、はっと気づいた。道端《みちばた》に立つ客引きは患者ではない。

「どないに考えても田舎暮《いなかぐ》らしが長すぎたで」

「地球温暖化を考えたら、誰もが田舎暮らしを実践したほうがいいと思うけど」

「姐さん、田舎暮らしは忘れてぇや。地球温暖化なんて考えるのは、銭に不自由してへん人だけでええんや」

　ホストクラブが林立する歌舞伎町《かぶきちょう》にあって、ホストクラブ・ジュリアスは常に人気のトップ争いをしてきた。そのジュリアスの中で不動のナンバーワンをキープしているホストが、ショウの幼馴染《おさななじ》みであり、氷川とも何かと縁のある京介《きょうすけ》だ。

　氷川が桐嶋や藤堂と一緒にジュリアスに足を踏み入れた途端、クラッカーが鳴り響き、盛大な拍手が湧《わ》き起《お》こる。

「麗《うるわ》しの白百合《しらゆり》、よくぞ我が城に戻ってきてくれました」

　中世の騎士の如く床に跪《ひざまず》いているのは、ジュリアスのオーナーだ。手にはお約束のようにカサブランカのゴージャスな花束があった。

「オーナー、相変わらずですね」

　田舎の素朴な住人に慣れ親しんだからか、氷川の目にはジュリアスのオーナーが得体の知れない異邦人に見える。それでも、彼は清和の義父《ちち》である橘高正宗《きったかまさむね》に恩があり、何かと力になってくれる頼もしい存在だ。

「麗しの白百合の前ではカサブランカさえ霞《かす》んでしまう」

氷川を歓迎するかのように、玄関口から廊下、フロアまでいたるところに生花のカサブランカが飾られている。京介を筆頭に出迎えたホストたちの胸には全員、カサブランカがあった。

「そういうセリフを聞くの、久しぶり」

「おお、麗しの白百合よ。麗しの白百合を称《たた》えない者がいる土地などに留《とど》まってはなりませぬ」

ホストクラブ・ジュリアスにほかの客はひとりもおらず、氷川の歓迎パーティさながらの雰囲気だ。

「オーナー、最初から今夜は僕がここに来るって祐《たすく》くんから聞いていたの？」

祐が書いたシナリオ通り、氷川はホストクラブ・ジュリアスに先導されたような気がしてならない。

「麗しの白百合がいない東京は炭酸の抜けたソーダ水より虚《むな》しかった。もう二度と東京から離れないでください」

オーナーの芝居じみた歓迎の口上が終わると、ドン・ペリニヨンのピンクで乾杯する。

音頭を取るのは桐嶋だ。

「麗しの家出娘のご帰還を祝して乾杯」

ホストたちの歓声が一際大きくなり、氷川は面食らったものの怒ったりはしない。桐嶋や藤堂、京介たちのグラスと音を奏《かな》でる。

美味《おい》しい。久しぶりに飲むシャンパンは格別だ。ホストクラブどころか、こういったムードの店に入るのも久しぶりだ。いや、こんなに平均年齢が低いところにいるのも本当に久しぶりだ。何しろ、和歌山の赴任地は田舎という一言では片づけられない山奥だった。バーやクラブどころか、カフェやレストランは付近に一軒もなく、住人は高齢者ばかりだったのだ。

「僕、ここじゃ、長老かな?」

若さが最大のセールスポイントになるホスト業界にあって、二十五歳はオヤジと揶揄《やゆ》され、売り上げはぐっと落ちる。ナンバーワンホストの京介は二十歳《はたち》だし、ほかのホストたちも競うように若い。

「姐さん、オーナーがいます」

京介はグラスを掲げつつ、男性フェロモンを発散させているオーナーを示唆《しさ》した。彼は年齢を感じさせない色男だ。

「ああ、オーナーがいたか……うん、老人がひとりもいないなんてびっくり……」

氷川はきょろきょろと見回したが、店内には瑞々《みずみず》しい若者しかいない。高齢化社会が嘘《うそ》のようだ。

「ショウから聞きましたが、かなり不便な田舎だったとか？」

氷川の反応に思うところがあったのか、京介はシニカルな微笑を浮かべて軽く言った。

一度、ショウは卓《すぐる》とともに、氷川を連れ戻すために和歌山に来た。氷川は問答無用でショウと卓に人手不足の病院業務を手伝わせた。

「電気とガスは通っていた。水洗トイレじゃないご家庭が多かったけど、水道はちゃんと通っていたよ」

「そんな田舎によく耐えられましたね」

俺には無理です、と京介は楽しそうに喉《のど》の奥で笑っている。

「仕事で忙しくて都会を懐《なつ》かしむ暇もなかった」

「ショウが優しいお婆《ばあ》ちゃんやお爺《じい》ちゃんの話をしてくれました。今でもたまに電話で話をしているお婆ちゃんがいるんですよ」

不便極まりなかったが、付近の住人は底抜けに優しくて清らかだった。氷川の心の故郷となった場所である。

「ああ、ショウくんはスタッフとして頑張ってくれたんだ。みんなからずいぶん感謝されていたよ」

ショウくんを褒《ほ》めてあげてよ、と氷川は頰《ほお》を紅潮させたが、京介の目に切れ味抜群の刀剣の光に似たものが走った。

「姐さん、そんなに楽しそうに田舎暮らしを語らないでください。俺は姐さんに文句を言わずにいられないんですから。少々、よろしいですか？」

京介の華やかな美貌《びぼう》はいつになく硬いし、身に纏《まと》う雰囲気も普段と違う。彼は女性に夢を売るプロとして、いつでも白馬に乗る王子様を実践しているのに。

「どうしたの？」

「姐さんがいない間、俺がどれだけ大変だったか、ご存じですか？」

京介が静かな声で切りだした途端、桐嶋やオーナーが同意するように相槌《あいづち》を打った。藤堂はグラスを手に、ふっ、と鼻で笑ったような気がする。

「清和くんが何か？」

ショウや卓から自分のいない不夜城について、氷川はチラリと聞いている。時間に余裕があれば、ネチネチと聞かされたのかもしれない。

「まず、姐さんがいないから二代目はずっと不機嫌、つられて祐さんの機嫌も最高に悪くなっていってショウや宇治《うじ》たちをいたぶる。結果、ショウや宇治たちが俺にヤツアタリ」

ショウは京介のマンションに居《い》候《そうろう》し、すべての面倒を見てもらっている。従って必然的に京介のマンションに清和の舎弟たちが集まる。かつて京介はショウや宇治とともに同じ暴走族に所属していたため、清和の舎弟たちも気兼ねがないようだ。

「……ん、ごめんなさい」

氷川はソファに座ったまま、ペコリと頭を下げた。

けれども、それぐらいでは華麗なるホストの溜《た》まりまくった鬱憤《うっぷん》は晴れないようだ。京介の言葉はいっそう厳しくなった。

「二代目を狙う女たちの戦いは歌舞伎町を無政府状態に追い込んだ、と言っても言いすぎではないと思う」

桐嶋とオーナーはコクコクと頷《うなず》き、ほかのホストたちもいっせいに相槌を打つ。

「清和くん、モテるからね」

氷川の愛《いと》しい男は、立っているだけで数多《あまた》の女性を魅了する。

「女たちの大ゲンカを止めるため、連日、朝から晩まで、ショウや宇治はシマを駆けずり回っていました。しまいには、ここでさえ女たちの大ゲンカが始まりました」

夜の蝶《ちょう》のみならず素人《しろうと》女性まで、清和争奪戦のリングに上がったという。お気に入りのホストを巡って女性客同士のトラブルは頻繁にある。しかし、暴力団組長を巡って女性客たちが、ホストクラブで大乱闘を繰り広げたことはこれまで一度もなかった。

どうしようかと頭を抱えた、とジュリアスのオーナーはこめかみを揉《も》んでみせる。ご苦労さんとばかり、桐嶋はオーナーの肩を揉んでいた。

「ジュリアスで大ゲンカ？　そういえば、藤堂さんを巡ってプロレスラーがケンカしたのもジュリアスだったよね」

　この前にジュリアスを訪れた時、氷川の隣には清和がいて、桐嶋や藤堂も同席していた。清和の二十歳の誕生祝いで集まったのだ。藤堂に恋《こ》い焦《こ》がれたプロレスラーたちが、ジュリアスをリングに変えた話を聞いた記憶がある。

　その時、京介をはじめとするジュリアスのホストたちは、藤堂に対して非難めいた視線を向けなかった。それなのに、今、氷川にはあちこちから非難混じりの視線が集中している。姐さんが悪いよ、とヒソヒソ話をしているのは、人気絶頂の男性アイドルにそっくりのホストだ。

「姐さん、話を逸《そ》らさないでください。プロレスラーのケンカより、女たちのケンカのほうが何倍もひどかったです」

　京介の華やかな美貌が曇り、周りの空気も重くなる。

「うん、女性相手だったら殴って止めるわけにはいかないからね」

「すべての騒動の原因は姐さんです」

　京介に厳しい声音で断言され、氷川はソファから腰を浮かせかけた。京介くんはいつも優しかったのに、と。

「京介くん、ちょっと会わないうちに変わった？　いったい何があったの？」

京介は清和にしつこく眞鍋《まなべ》組に勧誘されているが、常にすげなく断る。だがもし、ヤクザになるのならば、氷川の舎弟になると宣言している。

「姐さんがそれを言いますか？　毎日毎日、ショウや宇治、眞鍋のオヤジさんたちに泣き言を言われてみるといい。俺だっておかしくなります」

「僕にも事情があったんだ」

氷川は膝《ひざ》で左右の拳《こぶし》をぎゅっと握り、理解を求めるように京介を見つめた。

「それはわかります。姐さんには姐さんの事情があったから、イノシシが出没する片田舎に留まっていたのでしょう。ですが、こちらは本当に大変でした。初めて、俺はホスト卒業を考えました」

京介はプロ意識が高く、ホストという職業に誇りを持っている。カリスマホストの代表格だ。

「ああ、京介くん、ホストはやめたほうがいいよ。女性に夢を売る仕事っていっても、水商売だしね。京介くんはもう少し堅実な仕事をしよう」

京介と知り合う前、ホストには悪い印象しかなかった。彼と出会ってイメージは変わったが、だからといってすべて受け入れられるわけではない。京介はホストの枠に収まらない才能の持ち主だから、その気になればいくらでも新しい道が開けるはずだ。

「姐さん、お願いですから話を逸らさないでください」

「僕は真剣だよ。ああ、そうだ、ショウくんや卓くんたちと一緒に介護スタッフの派遣会社でも設立する？」

氷川は勢い込んでソファから腰を浮かした。

ぶはっ、と桐嶋は飲んでいたシャンパンを噴《ふ》きだし、藤堂はシニカルに口元を緩める。

オーナーは俯《うつむ》いて笑っていた。

「姐さん、変な方向に走らないでください」

京介は溜め息混じりに言ってから、シャンパンを飲み干した。二杯目は桐嶋がキープしているヘネシーだ。

「僕は本気だよ。現実をよく見てほしい。老人患者は増え続けるのに、介護するスタッフは減るばかり……ううん、待遇が悪いから続かないんだ。どんなに良心的で優秀な介護スタッフでも、生活できなかったら心が折れてしまうものね」

氷川が医師としての使命感に燃えて論じだした時、アイドル系の新人ホストたちの間で悲鳴が上がった。

「敵襲ーっ」

「オーナー、殴り込みですっ」

「オーナー、眞鍋に助けてもらいましょう」

アイドル系の新人ホストたちの叫び声に、氷川は仰天したが、オーナーや京介は薄い笑いを浮かべている。

「おいおい、ライバル店にそんな無愛想《ぶあいそう》なホストはいないよ」

オーナーは凄《すさ》まじい迫力を漲《みなぎ》らせて店内に入ってきた男について言及した。カツカツカツカツ、と響く靴音が近づいてくる。

ライバル店の襲撃に間違えられたのは、ほかでもない清和だった。背後に舎弟はひとりもいない。

「……おい」

清和は尊大な態度で氷川を見下ろした。

キツネやタヌキが化けた清和くんじゃないね、と氷川は清和の全身を真剣な目でくまなく見回す。

正真正銘、愛しい男だと確認した途端、氷川の頬は緩んだ。

「清和くん？　花嫁選びはどうしたの？」

やっぱり僕を選んでくれたんだね、と氷川は心の中で清和に熱っぽく語りかけた。美女軍団の網に引っかからなかったのだ。

「帰るぞ」

清和が低い声でボソリと言うと、桐嶋は声を立てて笑った。

「眞鍋の、思ったより早かったな」

桐嶋は自分のスマートフォンの画面を氷川に見せた。深窓のお嬢さんが色男に口説かれとうぜ、というメールを清和に送信したらしい。

「……桐嶋組長」

清和はもともと鋭い目をさらに鋭くして桐嶋を見つめた。文句を言っているわけではないし、感謝しているわけでもない。男としての微妙な感情が複雑に混在した視線だ。

役者が揃《そろ》ったな、と歌うように言ったのはジュリアスのオーナーである。

「日本人形みたいなお嬢さんを口説こうとしてたんやけどな。長い僻地暮《へきちぐ》らしで、深窓のお嬢さんが逞《たくま》しいお嬢さんになっとって口説けんかった」

まぁ、座れや、と桐嶋は清和に着席を促した。当然のように、清和は最高の仏頂面《ぶっちょうづら》で氷川の隣に腰を下ろす。

「眞鍋の二代目組長、いい時にいらしてくださいました。俺はいろいろと言いたいことがあります」

京介の怒気の意味に気づいたのか、清和は抑揚《よくよう》のない声で注文した。

「シャンパンタワーをゴールドで」

豪勢なオーダーにオーナーやホストたちは歓声を上げるが、京介の怒気は一向に鎮まらなかった。

「そんなことで誤魔化《ごまか》されると思っているんですか」

「リシャールを」

清和はさらに景気のいいオーダーを告げ、オーナーやホストたちを歓喜させる。人気急上昇中の『一輝《いっき》』というホストと、そろそろ古株になる『蓮《れん》』はシャンデリアの下で腕を組んで踊った。

「すごい、すごい、男前だ、眞鍋の二代目は最高の男だっ」

一輝が歌うように叫ぶと、蓮も頬を紅潮させて声を上げた。

「某エステチェーンのオーナーも某下着メーカーのオーナーも渋くなっているのに、眞鍋の二代目はすごいですーっ。この世にこんなにすごい男はいないーっ」

一輝と蓮が盛り上げようとするが、京介は決して乗ったりはしない。相変わらず、京介と清和の間には緊迫した空気が流れていた。

氷川は固唾《かたず》を呑《の》んで、清和と京介の攻防戦を見守った。とてもじゃないが、口を挟める雰囲気ではない。いや、ここで口を挟んではいけないだろう。それくらい氷川でも理解していた。

贅沢《ぜいたく》なシャンパンタワーが、清和と氷川の前に築かれる。

もったいないな、と氷川は心の中で思ったが、決して口には出さない。

「二代目組長、二代目組長も男なら自分の嫁さんぐらいちゃんと捕まえておいてください。おかげで、こちらはとんだとばっちりです」

京介はシャンパングラスを手に、毒を含んだ口調で清和を詰《なじ》りだした。

「…………」

清和の渋面《じゅうめん》はますます渋くなり、氷川はなんとも微妙な心境になる。

「毎日、毎日、ショウや宇治たちが酒瓶《さかびん》を抱えて泣き喚《なわめ》く。挙げ句の果てには、橋高さんや安部《あべ》さんまで酒瓶を抱えて泣きついてくる。俺は女性相手のホストであって、ヤクザ相手のカウンセラーじゃありません」

「…………」

安部信一郎《しんいちろう》は今や化石と化した昔気質《むかしかたぎ》の極道であり、信頼に値する眞鍋組の舎弟頭だ。清和の義父《ちち》の右腕でもあり、若い構成員たちの尊敬を一身に集めている。氷川も安部には信頼と感謝しかない。

「安部さんが咽《むせ》び泣《な》く姿を見続けるの、どれだけストレスが溜まるかわかりますか」

安部の外見はどこもかしこもいかめしく、その存在だけで仁侠《にんきょう》映画を連想させ、一般人を震え上がらせる。他人に恐怖を与える容姿の極道が、咽び泣き続ける姿に何も思わない者はいないだろう。

氷川はどんなに逞しく想像力を働かせても、咽び泣く安部の姿が瞼《まぶた》に浮かばなかった。無意識のうちに、想像力が拒否しているのだ。

「おまけに、祐さんはストレスからか、うちのライバル店のホストをいたぶるようになりました。おかげで、うちが疑われました。眞鍋に依頼してライバル店を潰《つぶ》そうとしているのか、と」

祐の鬱憤はあらぬ方向にも向けられたらしい。いや、祐は常に何か企むので、ほかに目的があったのかもしれないが。

「祐に言え」

清和は吐き捨てるように言ってから、シャンパングラスをテーブルに置いた。

「祐さんには言うだけ無駄です」

それはよく知っているでしょう、と京介は清和に向かって凄《すご》んだ。今にも刃物が飛びだしそうな、ヤクザ顔負けの迫力である。

ひっ、と新入りのホストたちは悲鳴を零《こぼ》した。怖い、と涙ぐんだのは先ほどまで盛り上げ役に徹していた一輝と蓮だ。

「…………」

清和は迫力満点の京介に怯《おび》えたりはしなかったが、さりげなく視線を逸らした。

「あちこちの店で二代目姐の座争奪戦が繰り広げられています。うちでも毎晩のように大乱闘」

眞鍋組の二代目姐の座を狙《ねら》っているのは、眞鍋組資本の店で働く女だけではない。敵対している暴力団資本の店内でも、清和を巡る凄絶《せいぜつ》な諍《いさか》いが勃発《ぼっぱつ》していた。ここ最近、歌舞伎町における最も熱い話題だ。

「………」

不夜城の覇者が持つ権力と資金力に、数多の女性が引き寄せられる。清和自身、若い美丈夫だから、女性はいっそう目の色を変える。彼は酒癖も悪くないし、理不尽な暴力も振るったりしないし、麻薬をご法度《はっと》にしたからなおさらだ。どうして二代目姐の座を狙う女性が多いのか、氷川はいくつも理由があげられた。

「ゲイの男も騒いだ挙げ句、うちに押し寄せてきました。ショウや吾郎たちが応対しきれなくて、うちに強引に回したんですよ」

ホストクラブがあっという間にゲイバーになった、とジュリアスのオーナーと桐嶋は笑い合った。

「………」

「姐さんの取った行動は極道の妻失格かもしれない。ですが、姐さんにそんな行動を取らせた二代目にも問題がある。いや、二代目のほうが罪は重い。姐さんがどこにどう飛んでいくかわからない鉄砲玉《てっぽうだま》であることは、いやというほど知っているでしょう。どうして対策を練らなかったのですか。核弾頭を相手にするなら適切な核管理が必要です」

京介は舞台に上がった役者のように滔々《とうとう》と一気に語った。彼にどれだけ迷惑をかけていたのか、よくわかった。……わかったけれども。

氷川は面食らいながらも口を噤《つぐ》み、横目で清和を盗み見た。これといって表情は変わらないが、心の中には荒波が押し寄せているだろう。

「京介にそんなことを言われるとは」

「二代目、どういう意味ですか？」

京介が眦《まなじり》を吊《つ》り上《あ》げた時、アイドル系の新人ホストたちから耳をつんざくような悲鳴が上がった。

「ぎゃーっ、モンスター、モンスターが襲ってきた」

「化け物っ、幽霊だっ、悪霊だぜっ」

「変な臭《にお》いがする。死霊の腸《はらわた》の臭い？」

アイドル系の新人ホストたちが、物凄い勢いでオーナーと京介めがけて走ってくる。事実、カサブランカの洪水の中、異様な一団が乗り込んできた。

「……うっ」

一目見た瞬間、氷川の心は砕《くだ》かれた。

げっ、と桐嶋も声を失っている。

泥まみれの妖怪《ようかい》や血まみれの化け物、オイルまみれの悪霊など、人ならざるものたちが、氷川と清和の前に突進してくる。

ひっ、近づいてくる、危ない、と氷川は身の危険を感じた。何よりもまず、大切な清和を守らなければならない。

「清和くん、大丈夫だよ。妖怪なんか怖くないからね。悪霊も怖くないからね。諒《りょう》兄ちゃんが守ってあげるからね」

氷川は清和をぎゅっと抱き締めると、異様な一団に向かって金切り声で叫んだ。

「妖怪さんたち、僕の清和くんを食べちゃ駄目っ。妖怪さんたちは自分のおうちに帰りなさいーっ」

化けギツネや化けダヌキが跋扈《ばっこ》し、池の祟《たた》り話《ばなし》がまことしやかに囁《ささや》かれていた古い土地から日本の首都に戻ってきたのだ。今さら妖怪や化け物の軍団に怯えたりはしない。何がなんでも愛しい男は守り抜く。

クリスタルのシャンデリアの下、氷川の絶叫以上の雄叫《おたけ》びが響き渡った。

「……この、この、この、二代目～っ、なんで逃げやがる～っ、俺は逃げたくても逃げられなかったんだぜ～っ」

泥まみれの妖怪から覚えのある声が聞こえてきた。いつでもどこでも先頭を切る切り込み隊長のショウだ。

ポタリポタリポタリ、とショウの髪の毛から泥水が滴《したた》り落《お》ちた。

「……え？　ショウくん？」

氷川がきょとんと惚《とぼ》けると、血まみれの化け物が恨《うら》みがましい声を発した。

「二代目、どうして逃げたんですか。肝心の二代目が逃げちゃ、話にならない」

血まみれの化け物だと思ったら、清和の舎弟である宇治だ。間髪容《かんはつい》れず、オイルまみれの悪霊も、地獄の釜《かま》から漏れてきたような声を出した。

「二代目、俺も逃げたかったのに逃げられなかった。ひとりで逃げるなんてズルい。藤堂よりズルい」

オイルまみれの悪霊ではなく、眞鍋組の構成員である吾郎だった。ほかにも清和の舎弟たちが、ぞろぞろと押しかけてくる。

どうやら、アイドル系の新人ホストたちを震撼《しんかん》させたのは、人外生物ではなく眞鍋組の精鋭たちだ。

清和は無表情のまま、なんの言葉も発しない。舎弟たちから注がれる恨みがましい視線を風か何かのように無視している。

「……いったいこれはどういうこと？」

氷川が清和を抱き締めたまま聞くと、ショウは泥まみれの手を振りながら答えた。

「姐さん、目の前じゃ、女たちがやりあっているのに、二代目はさっさとひとりで逃げやがった」

ショウの一言で氷川は事情を把握した。

「……つまり、二代目姐候補の女性たちが大ゲンカしても、清和くんは止めもせずに逃げたんだね」

　氷川が確かめるように言うと、抱き締めている清和の体温が上がったような気がした。清和自身、集められた花嫁候補を見て焦ったのは間違いない。

「そうっス。俺たちに押しつけやがって」

　ショウが駄々っ子のように地団太《じだんだ》を踏むと、あちこちに泥水やイチゴジャム、コーヒーが飛び散った。彼から漂う異臭は凄まじく、桐嶋やオーナーは鼻をつまんでいる。藤堂はハンカチで口と鼻を押さえた。

「祐くんはどうしていたの？」

　清和の花嫁候補を眞鍋第三ビルの駐車場に集結させたのは祐だ。氷川がスマートな策士の名前を出すと、ショウからドス黒い噴煙が立ち上がった。

「祐さんは女を煽《あお》るだけっス。全然、止めてくれねぇ」

　祐らしいといえば祐らしい。何しろ、実戦に向いていないので煽ることはできても、美女軍団の死闘を仲裁するのは無理だろう。

「祐くんは無事なの？」

　氷川は青い顔で心配したが、ショウは泥とチョコレートソースがかかった首を振った。

「祐さんはかすり傷ひとつ負っていません」

　ショウが腹立たしそうに言った後、血まみれの宇治やオイルまみれの吾郎が大きな溜め息をついた。

「これも祐くんのシナリオ通りなのかな?」

祐が書いたシナリオにおいて、ホストクラブ・ジュリアスはどういった場面なのか。クライマックスは終わったのか。これからなのか。祐が祐だけに、氷川は見当もつかない。

「眞鍋第三ビルは女たちに占拠されました。俺たちは追いだされたんスよ」

未《いま》だかつてない非常事態っス、と泥まみれのショウは清和に詰め寄った。あたりには物悲しい空気が流れる。

「……え?」

一瞬、氷川は理解できずに、怪訝《けげん》な声を漏らして聞き返した。眞鍋第三ビルは清和が所有し、いろいろな意味で重要な場所だ。もっと言えば、眞鍋総本部より、重要なビルかもしれない。

清和は口を真一文字に結び、ショウから視線を逸らした。舎弟たちにどんなに泣かれても、責められても、自身の花嫁候補たちと向き合う気はないのだ。すなわち、氷川に捧《ささ》げた一途《いちず》な愛ゆえに。

清和の気持ちがわかったのか、ショウは忌々《いまいま》しそうに、チッ、と舌打ちをした。ショウにしても清和が氷川一筋であることは熟知している。

ショウの視線は清和から氷川に注がれた。

「姐さん、どうするんスか？」

ショウのみならず吾郎まで氷川に詰め寄った。宇治も十字架を背負った殉教者のような顔で氷川を凝視している。

「僕に言われても」

「……そもそも、姐さんが悪い。姐さんの家出が悪い。姐さん、どうしてくれるんスか？二代目と別れる気はないんでしょう？」

天と地がひっくり返っても、清和を譲る気はない。氷川は清和と再会するまで、自分にこんな激情があると知らなかった。

「うん、清和くんと別れる気はない」

「じゃあ、どうしてあの時、祐さんや女の前でそう宣言しなかったんスか？」

ショウは駐車場での氷川の態度を非難した。宇治や吾郎といったほかの眞鍋組の男たちにしてもそうだ。

「祐くんのシナリオだと思ったから」

「あれで姐さんが二代目姐の座から降りた、って女どもは勘違いしやがったんスよ。なんとかしてくださいっ」

ショウの剣幕に圧《お》されたわけではないが、氷川は清和から手を離してコクリと頷いた。

「……わ、わかった」

氷川は極彩色の昇り龍《のぼりりゅう》を背負った男を愛した時から、それ相応の覚悟はしている。清和を奪おうとする敵から逃げるわけにはいかない。

「わかった？　わかってくれたんスね？　なんとかしてくれるんスね？」

ぱっ、とショウの表情が明るくなったような気がした。泥やチョコレートまみれでよくわからないが。

「清和くん争奪戦に僕も参加する。僕、ケンカなんてしたことないし、女性相手なのは気が引けるけど、負けないように頑張る」

氷川が闘志を滾《たぎ》らせた途端、ショウといった眞鍋組の男たち、桐嶋や京介という面々までいっせいに同じ言葉を口にした。

「姐さん、何もしないでください!!」

しんと静まり返る。

誰ひとりとして声を出さない。なんの物音も立てない。落ち着きのない清和の舎弟が微動だにしない。これ以上ないというくらい緊迫した空気が流れるだけ。

微妙な沈黙を破ったのは、ほかでもない氷川だ。

「……え？　なんとかしてくれって息巻いていたのは誰？」

氷川が呆然《ぼうぜん》とした面持ちで言うと、確実にショウの怒りのトーンは下がった。

「……ん、やっぱ姐さんは何もしないでください。あの女たち相手じゃ、姐さんは秒殺っス。山の中に埋められるか、バラバラにされてゴミ箱に捨てられる」

「……ショウくん、いったい彼女たちは？」

「二代目を狙うだけあって、どいつもこいつもツワモノっス。半端《はんぱ》じゃねぇ」

ショウや宇治、吾郎といった眞鍋組の精鋭たちによる泣き言が続く。物凄い勢いで高いシャンパンを飲み干しても、泣き言は終わらない。新しいシャンパンのボトルを開けても、清和の舎弟の愚痴《ぐち》にも似た泣き言が繰り返される。氷川と清和は文句を言えない。だが、彼らの姿はあまりにもひどすぎる。衛生面でも見逃せない。

「……ん、よくわかった。みんなの気持ちはよくわかった。よくわかったから、とりあえず、お風呂《ふろ》に入ろうよ」

泥や血や食べ物に混じり、化粧品や各種香水の匂《にお》いもするが、今にも嗅覚《きゅうかく》が麻痺《まひ》しそうだ。いつしか、京介以外のホストたちはいなくなっていた。

「風呂なんかに入っている場合じゃねぇっス」

ショウが泥まみれの手でテーブルを叩《たた》こうとした瞬間、京介が空のシャンパンボトルを投げつけた。

ショウの頭部でいい音が鳴る。

「ショウ、シャワーを浴びてこい。お前の好きなギョーザを注文してやる。ラーメンやシューマイもつけてやるさ」

さすが、京介は誰よりもショウの扱い方を心得ている。ショウは大好物につられて、京介の指示に素直に従った。宇治や吾郎、ほかの構成員たちもショウに続く。

「これは高くつきますよ」

京介が感情を抑えて言うと、清和は神妙な顔つきで頷いた。

ここらへんでエンドマークをつけてほしいな、と氷川はシナリオを書いた祐の顔を思い浮かべる。

これぐらいで許すと思っているんですか、と祐に冷笑されたような気がして、氷川は二杯目のシャンパンを飲み干した。日本人形と称えられる美貌が引き攣《ひ》っていたのは言うまでもない。

3

　ホストクラブ・ジュリアスを後にしたのは、眞鍋《まなべ》組の頭脳と目されているリキが迎えに来たからだ。これが若手の構成員の迎えだったなら、清和《せいわ》は腰を上げなかっただろう。桐《きり》嶋《しま》と藤堂《とうどう》はシマではなく、品川《しながわ》に所有しているマンションへ帰っていった。

「リキさん、あのアマゾネス軍団はいないんですね？　本当に帰ったんですね？」

　よっぽど二代目姐《あね》の座を狙《ねら》う美女たちの戦いが怖かったのか、吾郎《ごろう》は何度も青褪《あおざ》めた顔で確認した。

「ああ」

「祐《たすく》さんの罠《わな》じゃありませんね？」

　吾郎の危惧《きぐ》は眞鍋組一同の危惧でもある。氷川にしても、リキの登場に祐の罠を感じないではない。

「祐は引き時を知っている」

　リキは鉄仮面を被《かぶ》ったまま、抑揚《よくよう》のない声で答えた。

「祐さんのことだからまだなんか仕掛けていそうですが」

　不幸中の幸いか、吾郎の懸念は杞憂《きゆう》に終わった。

眞鍋第三ビルの駐車場に美女の姿はひとりもなく、凄絶《せいぜつ》な戦いが嘘《うそ》のようにしんと静まり返っている。

ただ、エレベーターの前には清和の舎弟である信司《しんじ》が佇《たたず》んでいた。彼は摩訶不思議《まかふしぎ》の冠を被る男だ。

「姐さん、やっと帰ってきてくれたんですね。もう二度と家出なんてしないでください。俺は家出をしても三時間で帰りましたよ」

思わず、氷川は家出に対する定義を指摘してしまう。

「信司くん、それは家出とは言わない」

「家出です」

相変わらず、信司の脳内には花畑が広がり、蝶々《ちょうちょ》がひらひらと飛んでいるようだ。氷川は妙な安心感を覚える。ああ、信司くんだ、と。

「そうしておいてあげようか」

氷川が聖母マリアのように微笑《ほほえ》むと、ショウや宇治《うじ》、吾郎といった若手構成員たちは同意するように相槌《あいづち》を打った。信司の家出には触れるな、と清和でさえ心の中で注意しているような気がする。

「おふたりの部屋をリフォームしておきました。素敵《すてき》な仕上がりになっています。姐さん、お好きだと思いますよ」

信司の思わせぶりな口ぶりに胸騒ぎを覚えたが、氷川は清和とともにプライベートフロアへ向かう。

エレベーターはノンストップで最上階へ上がっていく。

「清和くん、僕の荷物は晴海《はるみ》の倉庫にあるの？」

祐は氷川の荷物を晴海の倉庫に移動したと言っていた。

「いや」

「祐くんが嘘を言うとは思えないけど？」

「晴海の倉庫から戻させた」

俺は晴海の倉庫に移動させたのは知らなかった、と清和は視線で仄《ほの》めかしている。

「本当に晴海の倉庫に移動させていたんだね」

清和が玄関のドアを開き、氷川は足を踏み入れた。

あれ、と氷川は再度、玄関のドアを確かめる。目の前のエレベーターもじっくり確認した。フロアを間違えてはいない。

「清和くん、ここは清和くんと僕が住んでいた部屋？」

氷川が怪訝《けげん》な顔で尋ねると、清和はしかめっ面《つら》で答えた。

「そうだ」

ふわり、と新緑の香りが鼻をくすぐる。

「……な、なんか、違うよ」

氷川が和歌山に行く前、清和のプライベートルームは夢見る少女の空間に等しかった。信司は氷川のイメージで揃《そろ》えたというが、ピンク、白、花柄、天使、フリルやリボンで徹底されていたのだ。

下駄箱付近からして雰囲気がガラリと違う。以前と同じ少女趣味には変わりないが、どこかカントリー調なのだ。下駄箱に置かれているのは、天使の置物ではなく、可愛《かわい》い籠《かご》に入ったクマのカップルである。

「気に入らないのか？」

清和に真剣な目で問われ、氷川は面食らってしまった。

「……そういえば、信司くんがリフォームをしたとか、なんとか、言っていたよね？ひょっとして、このことなのかな？」

氷川は思い当たると、三和土《たたき》で靴を脱いだ。

そそくさとリビングルームに進めば、深い森が広がっていた。いや、豊かな緑に囲まれた空間があった。

「……あ、今回はコンセプトが違うのかな？」

鉢植えの観葉植物がいたるところに置かれ、キリンやゾウ、クマなどの置物がポイントになるように点在している。鳩時計が壁にかけられ、サイドボードやチェスト、テーブルはすべてカントリー調だ。テーブルクロスやカーテンなど、リネン類はすべてチェック柄である。インテリアグリーンに混ざってハンモックがある部屋もあった。

食器棚もレトロなカントリー調だし、食器もどこかそれらしいムードだ。何より、木の器が多い。

「信司に聞け」

清和自身、信司チョイスのインテリアに戸惑っているようだ。

「前はフリルとかリボンとかピンクとか花柄とか……そういうのだったけど……今回は……森の中？」

僕が好きそう、って信司くんは言っていたよね、と氷川は清和を見上げた。

「なかなか戻ってこないからだ」

清和のポツリと漏らした一言で、氷川は信司の考えを想像した。

「……ま、まさか、信司くんは僕が田舎《いなか》暮《ぐ》らしが気に入って、だから田舎から帰ってこないと思ったのかな？　それでこんな森の中を演出したのかな？」

「信司に聞いてくれ」

サイドボードに置かれているオルゴールから『森のくまさん』が流れだす。不思議なくらい心が和む。

「清和くん、昔、僕の膝《ひざ》で歌ってくれたんだよ」

可愛かった、と氷川が頬《ほお》をだらしなく緩ませると、清和は地獄の亡者《もうじゃ》のような表情を浮かべた。

「……………」

「再会してから一度も歌ってくれないね」

「……………」

壁にかけられているタペストリーは、グリム童話の『赤ずきんちゃん』だ。森の中で花を摘んでいるシーンであり、赤ずきんちゃんを狙う狼《おおかみ》はいない。

「……うん、信司くんの誤解を解かないと」

キッチンのコンロが竈《かまど》になってなくてよかった、と氷川はほっとした。信司ならやりかねないからだ。

「気に入らないなら変えろ」

清和がひとりで暮らしていた頃、プライベートルームに生活感はまったくなかった。それを思えば、この部屋を見て、氷川より清和のほうが困惑しているだろう。それでも、氷川のために奮闘した信司に文句は言わなかったようだ。

もっとも、信司に任せた時点で覚悟していたのかもしれない。

「変えるほどでもないかな。もったいないしね」

おそらく、信司を清和のプライベートルームのリフォーム係に指名したのは祐だろう。

氷川と清和に対する意趣返しだ。

「金は気にするな」

幼い頃の清和は実母にまったく構ってもらえず、いつもお腹《なか》を空かせていた。そのうえ、実母のヒモのような男たちから虐待を受けていた。そんな清和を何かと庇《かば》ったのが、近所に住んでいた氷川だった。今、清和には氷川に贅沢《ぜいたく》をさせる力がある。

「もったいないことをしたら目がつぶれる。罰が当たる。金罰《かねばち》、って言って後ですごく困るんだって。和歌山《わかやま》の患者さんたちから聞いたんだ」

激動の時代を生き抜いてきた老人たちの言葉には並々ならぬ重みがあり、簡単に聞き流せなかった。

「……………」

「お金は大切に。ものは大切に」

「……………」

「あ、美味《おい》しそう。工場の大量生産じゃない、こんなお洒落《しゃれ》なお菓子を見たの、久しぶり」

ダイニングテーブルにはケーキスタンドがあり、フルーツケーキや小さなタルト、チョコレートが載せられていた。籐《とう》の花器に生けられているのは素朴な野の花だ。桐嶋やジュリアスのオーナーからもらったカサブランカとは、また違った魅力がある。

「清和くん、こっちの部屋にブランコがあるよ」

森林と化した洋室に白いブランコを見つけ、氷川は目を丸くした。インテリアグリーンの間から、シマウマや鹿《しか》が顔を出している。

「…………」

「清和くんが乗っても壊れないかな」

「…………」

ブランコを凝視する清和には、なんとも形容しがたい哀愁が漂っていた。もうすでに彼はブランコを楽しむ幼子ではない。

「まさか、ベッドはハンモックじゃないよね」

氷川はいやな予感がして、早足でベッドルームに向かった。清和も不安そうな顔でついてくる。

ベッドルームのドアを開けた途端、新緑のアロマの香りにふわりと包まれる。こちらの部屋もインテリアグリーンに覆われ、何匹ものクマが顔を出しているが、ベッドはハンモックではなかった。どっしりとしたカントリー調のベッドだ。

「よかった。ハンモックじゃなかった」

氷川は一安心して、カントリー調のドレッサーに並んだ三匹のクマのぬいぐるみを見つめた。二匹はカップル、一匹はその子供のようだ。

「…………」

「お父さんクマとお母さんクマと赤ちゃんクマかな？」

「…………」

「信司くん、やっぱり謎《なぞ》だ」

氷川がしみじみと言うと、清和は独り言のようにボソリと零《こぼ》した。

「人のことが言えるか」

一瞬、氷川は聞き間違いかと思って、自分の耳を疑う。綺麗《きれい》な目を吊《つ》り上《あ》げ、清和に聞き直した。

「……え？　今、なんて言った？」

ポンポンポンポン、と氷川は威嚇《いかく》するように清和の肩を軽快に叩《たた》く。

「…………」

「しまったって後悔しても遅いよ」

「お前が早く帰ってくればもっと穏便にすんだはずだ」

これまで清和は年上の姉さん女房を『お前』呼ばわりしたことはない。和歌山で初めて、氷川を『お前』と呼んだのだ。そう呼ばれて、清和がどれだけショックを受けたのか、氷川もようやく理解した。だから『お前』と呼ばれることもすんなり受け入れた。

「そんなの、理由は何度も話したでしょう」

氷川が長い睫毛《まつげ》に縁取られた瞳《ひとみ》を揺らすと、清和はくぐもった声で苦しそうに吐露した。

「お前がいない間、どれだけ……」

ふたりで暮らしていたプライベートルームにようやく戻った。やっとふたりきりになったのだ。若い清和の蓄積されていた想《おも》いが、氷川めがけて灼熱《しゃくねつ》の溶岩の如《ごと》く流れだす。

「うん？　僕がいなくて寂しかったね？」

氷川は清和の首に左右の腕を伸ばし、冷酷そうに見える唇にキスを落とした。氷のように冷たそうで優しい。ずっと触れたかった唇だ。

「………」

「僕も清和くんがいなくて寂しかったよ」

離れていた半身に巡り合えた。そんな気分だ。

「さっさと帰ってこないからだ」

清和はどちらかといえば無口だし、呆《あき》れるぐらい無表情だが、今夜はそうでもない。離れていた期間を考えれば無理もないだろう。

「よく喋《しゃべ》ってくれると思ったら文句ばかり」

カプ、と氷川は軽く清和の下唇を噛《か》んだ。

「………」

「もうちょっと違うことを言ってよ」

氷川が甘くねだると、清和は真摯《しんし》な目で言い放った。

「二度と俺から離れるな」

よくも俺から離れやがったな、今度こそ閉じ込めるぞ、と清和が鋭敏な目で脅《おど》しているような気がしないでもない。

「清和くんも僕の信用を二度と裏切らないで」

橘高《きったか》の仲立ちにより、清和は宿敵だった藤堂との関係が変わったはずだった。それなのに、清和は手打ちを無視して、藤堂にヒットマンを送り込んだ。氷川は出張先の名古屋《なごや》で、桐嶋から連絡をもらったのだ。桐嶋は氷川の顔に免じ、清和の手打ち無視を水に流してくれた。けれども、氷川は清和が約束を破ったことがショックだった。

「…………」

清和は熾烈《しれつ》な修羅《しゅら》の世界で生きている男だ。女は黙っていろ、と言いたいのを、必死になって抑え込んでいる。

「藤堂さんを狙ったら許さない。わかっているよね」

眞鍋組と桐嶋組が揉《も》めたら、よってたかってほかの組織にシマを毟《むし》り取《と》られるだろう。構成員たちの命も奪われ、どちらも破滅するだけだ。

「ああ」

清和から藤堂に対する殺意は完全に消えていた。よほど、氷川に距離を置かれたことがショックだったらしい。

氷川が甘えるように愛《いと》しい男の広い胸に顔を埋《うず》める。

ここだ、自分がいる場所はここだ、どうして離れていられたんだ、と氷川は深淵《しんえん》から湧《わ》き上《あ》がってきた想いを拾う。

「清和くん、浮気した？」

氷川が上目使いで尋ねると、清和は一本調子の声で答えた。

「していない」

氷川は清和が嘘をついていたらなんとなくだがわかる。清和に嘘をついている気配は感じられない。感じられないが、どうも釈然としない。

「駐車場にいたお嫁さん候補たちとは親しいの？」

祐《たく》が巧みに煽動《せんどう》したとしても、二代目姐候補たちは揃いも揃って気性が激しかった。極道の妻にはああいうタイプが多い、と清和の舎弟がかつて言っていたけれども。

「いや」

「全員、知っているね？」

氷川の言葉に毒を感じたのか、清和の鋭敏な目に影が走った。

「ほとんど眞鍋の商品だ」

眞鍋組資本で経営しているクラブやキャバクラ、風俗店は多い。女性がいなければ、眞鍋組の台所事情が逼迫《ひっぱく》するのは目に見えている。清和は立場上、彼女たちに冷たく接することはできない。

「女性を商品なんて言っちゃ駄目だよ」

氷川が語気を荒らげると、清和は視線を逸《そ》らした。

「………………」

清和は森に見立てたインテリアグリーンから顔を出しているクマのぬいぐるみの親子を眺めている。幼い頃、清和のお気に入りはクマだった。

「女性たちに何も言わないで逃げてきたの？」

「……逃げたわけじゃない」

「女性たちはまだ納得していないだろうね。明日もここに押しかけてくるのかな？」

女の戦争はいい男を捕まえること、と以前、橘高の妻から聞かされた。氷川も清和を巡る戦いを避けては通れない。

「………………」

「僕より眞鍋の二代目姐に相応《ふさわ》しい女性はたくさんいる。けど、清和くんをこの世で一番愛しているのは僕だ」

氷川は真《ま》っ直《す》ぐな目で、何よりも愛しい男を貫いた。自分が眞鍋組の二代目姐に相応しいとは思わない。男の姐など、前代未聞の珍事なんてものではない。それでも、清和に対する想いだけは誰にも負けない。

「ああ」

「キスして」

氷川が甘い声でねだると、清和は唇を重ねてきた。冷たいようで熱い彼の唇だ。脳天が痺《しび》れるぐらい甘い。

唇が離れた後、氷川は無性に寂しくなって、清和のシャープな頬にキスをした。チュッチュッ、と軽快な音を立てる。

「清和くん、したくないの？」

若い男がどんな葛藤を抱えているのか、氷川もわかっている。清和は圧倒的に負担がかかる氷川の身体《からだ》を考慮し、自分からは求めようとはしないのだ。敵に容赦がないと、恐れられる眞鍋の昇《のぼ》り龍《りゅう》は、意外なくらい紳士だ。

「疲れただろう」

「疲れているけど、清和くんのお嫁さん候補をあんなに見たら疲れてなんかいられない」

自分でも何を言っているのかわからないが、氷川は感情をストレートに表現した。清和の気持ちを疑ったわけではないが、どうにもこうにも心のもやもやが収まらない。二代目姐候補たちのヒステリックな叫び声が、氷川の耳にこびりついていた。

「…………」

「抱いて」

氷川は頰を染めて言うと、煽《あお》るような手つきで清和のネクタイを緩めた。

「いいのか？」

「うん」

僕以外の誰も抱いたりしないように、と氷川は上ずった声で続けた。こんなに魅力的な男をいつまで捕まえておけるのだろう。氷川こそ、清和を籠に閉じ込めてしまいたい。

「……俺には」

お前だけだ、と清和は告げたいようだが、我に返ったらしい。照れて言えないようだ。けれど、恐ろしいぐらい真っ直ぐな目で氷川に愛を告げる。

「清和くんには僕だけだね？」

照れ屋で口下手《くちべた》な男の想いを、氷川はちゃんと導きだす。清和のシャツのボタンをひとつ、外した。

「ああ」

「いつまでも僕だけのもの？」

氷川は甘い声で尋ねてから、自分のネクタイを緩めた。

「ああ」

「僕、オヤジだよ」

二代目姐候補の美女は、二十五歳で『ババア』と罵倒《ばとう》されていた。三十歳の氷川は正真正銘の『オヤジ』だ。

「……綺麗だ」

清和はクマの親子を見つめながら、照れくさそうに言った。もちろん、照れ屋の年下の亭主はクマを称《たた》えているわけではない。

「いつまで言ってくれるの？」

氷川がシャツのボタンを上から順に外していけば、真っ白な肌が現れる。清和の視線はクマの親子から氷川の白い肌に移った。

「ずっと」

「ずっとだよ」

「ああ」

氷川はスーツの上着を脱ぐと、清和の大きな手を取った。それが合図になったかのように、どちらからともなくカントリー調のベッドに上がる。

氷川は真っ白なシーツの波間に沈み、清和の硬い筋肉に覆われた身体をしなやかに受け止めた。

「清和くん、僕は誰にも清和くんを譲らないからね」

氷川は清和の逞《たくま》しい背中に腕を回した。

「ああ」

「清和くん、僕を離さないでね」

「当たり前だ」

祐の書いたシナリオに添っているのか不明だが、ふたりだけの熱い夜の幕は上がったばかりだ。

「清和くん、大きい……こんなに大きくなるなんて……」

氷川の想像を超え、清和の分身は成長していく。

「………………」

「……すごい」

ドクドクドク、と脈を打ちながら膨張する清和の肉塊に氷川の身体が甘く疼《うず》いた。もう何も知らない身体ではない。彼の雄々しい剣に貫かれたらどうなるか、その一点を擦《こす》りあげられたら何が得られるか、氷川の身体はよく知っている。

「……煽るな」

若い男は氷川の言動に左右されている。だが、氷川はまったく気づいてはいない。年下の亭主の情熱の大きさに意識を奪われているだけだ。

「……うん？」

「煽ったのはお前だぞ」

「……あ、また大きくなった」

一向に膨張が止まらない清和の象徴に、氷川の身と心に痛いくらいの甘美な衝撃が走る。秘部が浅ましく収縮を繰り返していることがわかった。

「……だから」

「もうおいで」

氷川は若い男の激情を一身に受け止め、艶混《つやま》じりの嬌声《きょうせい》を上げ続けた。彼のすべてが愛しくてたまらなかった。

4

翌朝、氷川《ひかわ》が目覚めた時、隣には極彩色の昇《のぼ》り龍《りゅう》を背負った男がいた。それだけで氷川の胸が熱くなる。

「起きたら清和《せいわ》くんがいるなんてすごく幸せ」

氷川は心の中で言ったつもりが、無意識のうちに声で発していた。愛《いと》しい男の目が静かに開けられる。

「僕の清和くん、おはよう」

氷川は朝の挨拶《あいさつ》代《が》わりのキスを清和の額に落とした。

「ああ」

「今日も可愛《かわい》い」

横たわっている清和を眺めていると、どうしたって氷川の感情は昂《たか》ぶる。

「…………」

「もう本当に可愛い。どうしようもないくらい可愛い」

「…………」

可愛い、という形容に清和が反発しているのが伝わってくる。

「うん、もう大きいんだけどね。迫力もあるんだけど可愛い。うちの清和くんより可愛い子はどこにもいない」

和歌山《わかやま》の山奥では、目の中に入れても痛くないほど、孫を可愛がっている老人が多かった。嬉《うれ》しそうに孫を語る老人たちに、氷川も可愛い清和について語りたかったものだ。

「……………」

「僕の年金は清和くんに……ううん、年金はまだまだ先だけど、年金のためにも頑張って働くからね」

ふふふふっ、と氷川が清和の頰《ほお》に自分の頰を寄せた時、来客を知らせるインターホンが鳴り響いた。

「あれ？　誰だろ？」

氷川が慌ててベッドから下りると、清和は低い声で止めた。

「出るな」

清和の視線の先はキスマークをべったり張りつけた氷川の身体だ。

「……あ」

氷川は慌てて身なりを整えようとしたが、清和が俊敏な動作でベッドから下りた。昨夜《ゆうべ》、脱ぎ捨てた衣類には見向きもせず、海外高級ブランドのスーツが収められているクローゼットを開ける。

「俺が出る」

清和は新品の下着を身につけ、アルマーニのズボンを穿《は》く。上半身裸のまま、ベッドルームから出ていった。

パタン、と些《いささ》か乱暴にドアは閉められる。

「清和くん、何かおかしい」

どこがどうとは言えないが、清和の態度に不信感を抱いた。清和が来客に応対したのか、インターホンが鳴りやむ。

しかし、すぐにまた、インターホンが鳴りだした。

おかしい、何かあったんだ、と氷川の脳裏に赤信号が点滅する。ドアの向こう側に注意しつつ、猛スピードで身なりを整えた。

ベッドルームから出た時、またインターホンが鳴りやむ。けれども、すぐにインターホンが鳴りだした。

「清和くん、誰？」

氷川は掠《かす》れた声でモニター画面の前に立つ清和に尋ねる。すると、彼は腹から搾《しぼ》りだしたような声で言った。

「出るな」

「だから、誰なの？」

「気にするな」

清和の周囲の空気はどんよりと重く、気にするなというほうが無理だ。

「出るまで、鳴り続けると思うよ。うるさい」

「帰らせる」

清和は仏頂面《ぶっちょうづら》でスマートフォンを取りだし、リキに連絡を入れた。その間もインターホンは執拗《しつよう》に鳴り続けている。

「借金の取り立てじゃないよね。わかった、清和くんのお嫁さん候補かな」

昨日、地下の駐車場に集結した二代目姐候補《あねこうほ》が氷川の頭に浮かぶ。祐《たすく》が書いたシナリオなら、まだまだ波乱は続くはずだ。

案の定、清和はリキに救いを求めたものの、すげなく拒まれたらしい。スマートフォンに向かって低く唸《うな》る。

「僕が応対するね」

氷川は清和に一声かけてから、インターホンに対応した。

「もしもし？」

『……あ、清和さんじゃありませんね？　舎弟さんかしら？』

やけに可愛い声がインターホン越しに聞こえてきた。モニター画面には可憐《かれん》な美女が立っている。

「舎弟ではありません。どちらさまですか?」

『花音《かのん》です。櫛橋《くしはし》花音。お渡ししたいものがあるのでドアを開けてください』

花音、という名前に氷川は聞き覚えがあった。和歌山にいた時、桐嶋《きりしま》の口から出た女性の名前だ。

「あなたも橘高《きったか》清和が眞鍋《まなべ》組の組長だと知っているなら、そう簡単にドアが開くと思ってはいけません」

眞鍋第三ビルのプライベートフロアに立てる者は限られている。まず、素人《しろうと》は辿《たど》り着けない。

『清和さんに朝食を作って持ってきたの。清和さんの朝食を作るのは私の役目よ。あなた、知らないの?』

ヒク、と氷川の頬が引《ひ》き攣《つ》ったが、ここで逆上したらおしまいだ。冷静をモットーに言い返した。

「その必要はありません」

これから僕が腕によりをかけて作るからね、と氷川は背後で石化している清和を一瞥《いちべつ》する。

『逃げていた愛人が戻ってきたって噂《うわさ》は本当だったのかしら?』

氷川の口ぶりから、花音も察したようだ。彼女は愚鈍ではないらしい。

「そんな噂が流れているのですか」

『とりあえず、ドアを開けてちょうだい』

ドアを開けて招き入れたら、花音は居座るだろう。氷川には彼女の手の内が読めた。

「僕が戻ってきた以上、このドアは君のために二度と開くことはない。清和くんが怒りだす前に帰りなさい」

『何よ、清和さんから逃げたくせに。今さらどうして戻ってきたのよ』

花音は感情を爆発させたが、顔と声が可愛いので迫力はない。昨日、駐車場に集まっていた二代目姐候補とは、だいぶタイプが違うようだ。

「君について祐くんに一言入れておけばいいのかな?」

花音は祐の先導によって最上階に上がってきたに違いない。スマートな策士以外、氷川と清和の怒りをわざわざ買うような真似《まね》はしない。

『清和さんの妻に相応《ふさわ》しいと、祐さんは私を応援してくれているわ』

祐は誰もが認める眞鍋組の参謀であり、清和の子供時代を知っているからほかの幹部とは少し違う。そんな祐に認められ、花音は舞い上がったようだ。

「そうですか。祐くんなら君のほかにもたくさんの女性に同じことを言っているでしょう。清和くんに食事を作って運んできたのは君だけではありません」

花音以外にも清和のために手料理を運んできた美女はいる。氷川はそう踏んでいた。

依然として、清和は石像だ。背景が森林を模した空間なので、清和もオブジェのひとつに見えないこともない。

『清和さんは私を隣に座らせてくれたわ。祐さんも安部《あべ》さんも橘高さんも認めてくれたのよっ』

眞鍋が誇る重鎮ふたりの名前が飛びだし、氷川の心の中に嵐《あらし》が吹き荒れた。だが、ここで嵐に飛ばされてはいけない。

「清和くんが隣に座らせたのは君だけではありません。安部さんも橘高さんも君以外の女性を認めているでしょう。諦《あきら》めてお帰りなさい」

『諦めないわ。今から安部さんと橘高さんに会ってきます』

「そうしてください」

氷川が明瞭《めいりょう》な声で言うと、花音はクルリと背を向けた。すぐにモニター画面から見えなくなる。

氷川はモニター画面から清和に視線を流した。カチンコチンに固まっている。

「清和くん、花音さんとだいぶ親しかったみたいだね」

氷川は意地でにっこり微笑《ほほえ》んだが、清和は微動だにしない。

「花音さんは清和くんのお嫁さんとして認められているのかな？　安部さんや橘高さんも花音さんを気に入っているのかな？　確かに、花音さんならいいお嫁さんになりそうだね？　若いし、可愛いし……」

氷川の言葉を遮《さえぎ》るように、清和は声を発した。

「……っ、違う、オヤジは認めていない」

清和は氷川の口から出た義父の名前で正気を取り戻したようだ。石化が解けた。

「花音さんはそう言っていたよ」

氷川は自分を落ち着かせるため、チェストに置かれているツキノワグマの置物を眺めた。ハチミツを舐《な》めているクマの姿は愛らしい。

「怒るな」

清和がボソリと言った途端、氷川の心に大波が押し寄せた。

「怒っていません」

氷川が仁王《におう》立《だ》ちで宣言すると、清和は神妙な面持ちで黙った。ポッポポッポポッポポ、と鳩時計が時刻を知らせる。

花音襲来がなければ、鳩時計に和んでいたかもしれない。

「清和くん、説明してもらおうかな？」

「お前が俺から離れるからだ」

俺から離れたお前が何もかも悪い、と清和は鋭い目で明確に詰《なじ》っている。

「だから、それはもう何度も理由を言ったでしょう」

氷川が清楚《せいそ》な美貌《びぼう》を引き攣らせた時、再び来客を知らせるインターホンが鳴り響いた。

その瞬間、清和は石像と化す。

「うわ、花音さんの次は誰かな？」

氷川はインターホンを無視したりせず、心に闘魂のハチマキを巻いて応対した。絶対に勝つ、と。

予想した通り、清和に焦《こ》がれている女性のひとりだった。

「……そう、涼子《りょうこ》さんというんですか。僕は諒一《りょういち》です」

涼子、とは和歌山で桐嶋から聞いた女性名である。彼女は花音より年上らしく、落ち着いてはいるが心に秘めた想《おも》いは激しそうだ。

氷川は石化している清和を尻目に、涼子とインターホン越しに火花を散らした。もちろん、勝者は氷川だ。

相手が誰であれ、愛しい男を譲る気はない。

涼子の次は明日香《あすか》だった。その次は瑠奈《るな》、唯《ゆい》、ひより、美紅《みく》、と続く。そのつど、清和は森林のオブジェと化し、氷川が闘魂と必勝の旗を掲げて応戦した。

目下、全戦全勝、どの女性も玄関のドアを開けることなく、エレベーターに乗り込ませた。

「清和くん、ここにいる限り、まだまだ清和くんのお嫁さん候補はやってくるのかな？

こんなの、ほんの序の口だよね？　清和くんは僕のものなのにモテモテのモテモテだからね」

　おそらく、眞鍋第三ビルの最上階にいれば、何人もの二代目姐候補が手料理を持って怒《ど》濤《とう》のように押しかけてくるだろう。氷川は彼女たちとの応戦に必死で、まだ目覚めの水の一杯も飲んでいない。

「…………」

「どこかに引っ越そうか？」

　眞鍋のシマから脱出したほうがいいと、氷川の直感が告げていた。美女たちの襲撃がなければどこでもいい。

「…………」

「次は僕が部屋を借りるね。いや、とは言わせないからね。清和くんのお嫁さん候補が来ないところにしよう……あ、和歌山の山奥だったら絶対に来ない……けど、まだ和歌山の山奥に引っ越すわけにはいかないものね」

　狭くてもいい。ふたりで寝るスペースがあればいい。氷川は清和と再会する前の慎《つつ》ましい生活を瞼《まぶた》に再現した。

「…………」

「清和くん、何か言いなさい。疲れたのは僕だよ。清和くんは突っ立っていただけなのにどうしてそんなに……」

氷川の文句を遮るかのように、またしても来客を知らせるインターホンが鳴った。性《しょう》懲《こ》りもなく、清和を狙《ねら》う女性が乗り込んできたのか。

「さぁ、次はどこの美人かな？　泣き落とし作戦かヒステリック作戦か、どんな作戦を使うのかな？」

新たにやってきたのは、清和の花嫁候補ではなく、眞鍋組のショウだった。切り込み隊長の背後に美女がいないことを確かめ、氷川は玄関のドアを開ける。

「おはようございます……あ……あの？」

ショウは元気よく挨拶をしたが、ただならぬ空気を察したようだ。何しろ、清和はクマと一緒に置物と化しているのだから無理もない。

「ショウくん、今朝、僕と清和くんはまだお水の一杯も飲んでいない」

「……あ、朝メシを食いに行きましょう。今、流行のモーニングなんとかセットはどうっスか？」

「うん？　流行のモーニングセットを食べていても、清和くんのお嫁さん候補が押しかけてくるのかな？」

ゲロぐぅゲロふっ、とショウは両生類の断末魔《だんまつま》にも似た声を発した。朝っぱらから何があったのか、悟ったのだろう。

「清和くんのお嫁さん候補は手料理を持ってきたんだ。ここで僕が清和くんに外食させたら、どんな非難を受けるかな」

「……そ、そ、そ、そ、そ、そ、そ、そんなの……」

「信司《しんじ》くん、食材も用意してくれていたらいいんだけど」

氷川はショウと清和を横目で眺めつつ、大股《おおまた》でキッチンに向かった。むしゃくしゃするが、全精力を傾けて感情を抑え込む。

大型の冷蔵庫を開けると、ローストビーフや生ハム、ソーセージ、車えびなどの豪華食材が入っていた。

「うわ、いい食材がある。有機野菜もある。信司くんにしては気がきいているね」

氷川は野菜室からキャベツやニンジン、トマトなどの有機野菜を取りだした。平飼いの卵とスモークサーモンも出す。パントリーにも高級メーカーの調味料や乾物が、いろいろと揃《そろ》っていた。有機小麦粉や玄米粉とともにパンケーキミックスが目につく。

「清和くん、朝食を作るから待っていてね。ご飯を炊《た》く時間がないから、パンケーキにしよう。ショウくん、清和くんがどこにも行かないように見張っていてね」

氷川が包丁を手に微笑むと、ショウが人外の悲鳴を零《こぼ》した。相変わらず、清和はクマの仲間だ。

スモークサーモンと有機野菜で木のボウルいっぱいのサラダを作り、蒸した根野菜とともにテーブルに載せた。野菜スープを作り、オムレツとソーセージを焼いたところで、清和とショウに声をかける。

「清和くん、ショウくん、手を洗ってから座って」

ショウはゼンマイ仕掛けの人形のようなぎこちない動きで、清和とパウダールームに向かう。

人数分の有機野菜のジュースができた頃、ショウと清和は死地に赴く戦士のような顔で戻ってきた。

「さぁ、清和くん、ショウくん、酵素たっぷりの野菜ジュースを飲んで」

氷川の言葉に清和とショウは逆らったりはしない。無言で野菜ジュースを飲み干し、スモークサーモンのサラダに箸《はし》を伸ばした。

キツネ色に焼けたパンケーキには、ホイップバターとメイプルシロップをかける。

「ショウくん、祐くんが一番推していた二代目姐候補は誰なのかな？」

ぐうっほっつっつっつっ、とショウは口からスモークサーモンのサラダを噴《ふ》きだす。清和は箸を持ったまま俯《うつむ》いていた。

「花音さん？　涼子さん？　祐くんはどっちを推していたの？　それともまだほかに本命がいるの？」

「……あ、姐さん、美味《うま》いっス。このギョーザ」

ショウは話を逸《そ》らそうと必死だが、氷川は乗らなかった。テーブルにギョーザはない。

「ショウくん、僕はギョーザを作った覚えはない。今、ショウくんが食べているのはスモークサーモンのサラダだよ」

「……う、う、はい、はい、美味いっス。姐さんが最高っス」

「橘高さんや安部さんも花音さんや涼子さんを気に入っていたの？」

「姐さん、この味噌汁《みそしる》、美味いっス」

ねっ、とショウは野菜スープの椀《わん》に手を添えて清和に同意を求める。清和は野菜スープのジャガイモを虚《うつ》ろな顔で咀嚼《そしゃく》した。

「ショウくん、君が食べているのは野菜スープだよ。お味噌は使っていない」

氷川が冷たい声で指摘すると、ショウはとうとうテーブルに突っ伏した。

「姐さん、もう、勘弁してください」

チーン、とショウはテーブルクロスで鼻をかむ。

「誤解しないで。僕は怒っているわけじゃない。そりゃ、仕事とはいえ、清和くんをおいて僻地《へきち》に行っちゃったのは僕だからね。長い間、清和くんをひとりにした。僕は清和くんのお嫁さん失格だよね。新しいお嫁さんを探されても仕方がないよね」

「……や、やめてください……頼みます……」

ショウが涙声で懇願《こんがん》した時、またしても恐怖のインターホンが鳴り響いた。その瞬間、ショウと清和が勢いよく椅子《いす》から立ち上がる。

　氷川がモニター画面を覗《のぞ》く前に、ショウは真っ赤な顔で怒鳴った。

「二代目の姐さんは氷川諒一先生に決まっている。さっさと帰れーっ」

　ショウの怒鳴り声に応じるように、玄関のドアが叩《たた》かれた。どうやら、素手ではなく、何か器具で玄関のドアを叩いているらしい。

「危ねぇ。チャカを持っていやがる」

　とうとう拳銃を手にした二代目姐候補が、殴り込みをかけてきたようだ。もっとも、氷川は怯《ひる》んだりせず、パンケーキを焼いたフライパンを握ると、玄関に向かってスタスタと歩きだした。

「僕に任せて」

　相手が誰であれ、どんな凶器を持っていても負けたりはしない。銃口を向けられるより、清和を連れ去られるほうが恐ろしい。

「姐さん、やめてくれーっ」

　氷川がショウと清和に腕ずくで止められたのは言うまでもない。フライパンと拳銃の攻防戦はあえなく幻となった。

殺伐《さつばつ》とした雰囲気の午前が終わると、氷川はショウが運転する車で清水谷《しみずたに》学園大学の医局へ向かった。指導教授は恵比須《えびす》顔《がお》で迎えてくれる。

「いやぁ、氷川先生、たいしたもんだ。立派だ。医者の鑑《かがみ》だよ」

指導教授はひとしきり褒《ほ》めちぎった後、これからについて語りだした。こともあろうに、北海道《ほっかいどう》にある四方伝柳《しほうでんやなぎ》総合病院を打診してくる。氷川なら医師不足に喘《あえ》ぐ僻地勤務ができると味をしめたらしい。

氷川の脳裏に愛しい男の姿が過《よぎ》った。東京から北海道は遠すぎる。何より、北海道の四方伝柳総合病院について、由々しき噂を聞いた記憶があった。

「……北海道の四方伝柳総合病院ですか？」

氷川が確かめるように聞くと、指導教授はコクリと頷《うなず》いた。

「氷川先生の力を見込んでのことだ」

腕のいい内科医がいないんだよ、と指導教授は苦しそうにうなだれた。彼の演技力はレッドカーペットを堂々と歩けるレベルだ。

「丸不二川田《まるふじかわだ》病院のように、医療機関としての機能を果たしていない病院ならば断固としてお断りします。僕はもう二度と無免許医師がいる職場で働きたくありません」

氷川が人の命を預かる医師の目で言い切ると、指導教授は大きな溜《た》め息《いき》をついた。

「……そうだな。氷川先生、君には本当に苦労をかけた。私も無免許医師がいる職場では働きたくない。医局員を派遣したくもない」

和歌山の丸不二川田病院には、騙《だま》し討《う》ちのような形で連れていかれたが、問題がありすぎる病院だった。指導教授も氷川の報告を聞くまで、内情を知らなかったらしい。

もし、最初から内情を把握していたら、氷川を強引に派遣したりしなかっただろう。

「患者をもののように扱う看護師に誰も注意しない病院もお断りします」

清水谷学園大学医学部の付属病院ならば、即刻、解雇になりそうな看護師が多かった。

氷川が注意したら恨まれた。

「……ああ、わかっている。私だってそうだ。同じ気持ちだよ」

「お話にあった北海道の四方伝柳総合病院は、医療機関としての機能を果たしているのでしょうか？」

どうせ内情を知らないんでしょう、と氷川は心の中で指導教授に文句を連ねた。口にできない立場が辛《つら》い。

「丸不二川田病院の前例があるから心配するのもわかるが、北海道の四方伝柳総合病院はそこまでひどくないはずだ。院長は誤解されやすいが、尊敬できる医者だよ」

丸不二川田病院と同じように、指導教授は四方伝柳総合病院の院長にも義理があるらしい。ただ、院長本人の人柄と病院の実力は比例しないものだ。

「どちらにせよ、ひどい病院なんですね？」

「……あ、すまない。とりあえず、氷川先生は四、五日、ゆっくりしておくれ。全然、休めなかったんだろう？」

和歌山の丸不二川田病院に到着した日から、氷川は内科医として昼夜関係なく働き続けた。日曜日も祝日もなかった。

指導教授も氷川が働きづめだったことを知っている。

次の派遣先に不安は残るが、氷川は久しぶりの休暇を得た。医局を出た後、ブラブラと歩く。

廊下の片隅にあるちょっとしたスペースで、大学の同窓生を見つけ、近況を語り合った。

なんでも、和歌山の丸不二川田病院に回された氷川は、医局内の同情を一身に集めていたらしい。見事に勤め上げたことに、医局員は一様に驚いたそうだ。

「うわ、氷川は北海道の四方伝柳総合病院への打診されたのか？」

同窓生の反応を目の当《ま》《あ》たりにして、氷川の背筋に冷たいものが走る。

「……やっぱり危険な病院なのか？」

「ああ、医療ミスが頻発しているのを、金で揉《も》み消《け》している病院だ」

危険ランクは前の和歌山の丸不二川田病院と同じかそれ以上、と同窓生は小声で続けた。今までに何人も回されたが、全員、一月足らずで辞めている。すなわち、それは清水谷学園大学の医局からも離れたことを意味する。

「僕はそんな病院はいやだ」

「みんな、いやがっている」

たとえ北海道であれ、医療機関としての最低限の機能が備わっていればいい。医療機関として機能しない病院は問題外だ。

「そうだろうね」

もう騙し討ちはやめてください、と氷川が指導教授に心の中で頼んだ時、目の覚めるような美青年が近づいてきた。知り合いなのか、同窓生は姿勢を正してからお辞儀をする。

「諏訪《すわ》先輩、ご無沙汰《ぶさた》しております」

諏訪、と呼ばれた美青年は静かに立ち止まった。彼は立っているだけで絵になる男だ。

「久しぶり、健在で何よりです」

諏訪は地味なスーツを身につけていても、その類《たぐ》い稀《まれ》な美貌は少しも損《そこ》なわれない。ただ、氷の彫刻のように冷たそうだ。

諏訪と視線が合い、氷川も腰を折った。同窓生が『先輩』と呼んでいるなら、氷川にとっても先輩に違いない。

「ああ、氷川は大学から清水谷だから諏訪広睦《ひろちか》先輩を知らないな。中等部に入学以来、

ずっと首席をキープしていた伝説の天才だ。全国模試でもトップ独走」

同窓生は心の底から尊敬しているのか、興奮気味に語った。氷川も清水谷学園大学に在学時、文武両道の素晴らしい先輩の噂を内部生から聞いた記憶がある。ただ、清水谷学園大学には進学しなかったはずだ。

「……内部生から聞いたことがあります。清水谷の誇り、と呼ばれた先輩がいたと」

「そうそう、その清水谷の誇りだ。オヤジさんが高級官僚なんで、諏訪先輩も官僚養成大学に進学しちゃったけど、今でも清水谷の誇りさ」

同窓生は学生時代に戻ったように、諏訪を褒めちぎる。しかし、諏訪は他人事《ひとごと》のように平然と流していた。

彼が褒められ慣れているのは手に取るようにわかったが、氷川には人としての血が流れていない人形に見える。

二階堂正道《にかいどうまさみち》くんと似ているかも、と氷川はリキを不器用に想《おも》い続《つづ》けているキャリア官僚を脳裏に浮かべた。

「諏訪先輩、今日はどうしたんですか?」

同窓生が目をキラキラさせて尋ねると、諏訪はポーカーフェイスで答えた。

「今日、部下が会議中にいきなり倒れた。清水谷に通院していたから運ばせた」

「……ああ、あの患者さんは諏訪先輩の部下だったんですか」

清水谷学園大学の付属病院は医療機関として最高レベルを保持し、そう簡単には入院できない。時には、通院していても入院することはできず、ほかの系列病院に回されることもある。もしかしたら、諏訪が部下のために自身のコネを使い、緊急入院させたのかもしれない。

「世話になった」

諏訪が軽く頭を下げると、同窓生は恐縮してから小声で囁《ささや》くように言った。

「新薬承認に躍起になっている奴《やつ》らがいます。見つからないように注意してください」

「気遣《きづか》いに感謝しよう」

諏訪は無表情のまま、同窓生と氷川の前から立ち去った。エリート官僚を体現したような彼は、とうとう氷川に声をかけることはなかった。

「諏訪先輩、中等部でも高等部でもほかの先輩と違ったけど、今でもやっぱオーラが違うな」

諏訪の姿が見えなくなっても、同窓生の興奮は冷めない。彼は昔からいろいろな意味で熱かった。

「冷たそうな先輩だけど、そうでもないのか？」

氷川は部下が倒れても指一本、動かさない上司を知っている。部下を自身の駒《こま》のように考えているエリートは少なくはない。

「ああ、クールだ。一度だって笑っているところを見たことがない」

クールビューティっていう形容がぴったりの先輩だ、と同窓生は懐《なつ》かしそうに続ける。

「清水谷には珍しいタイプだな」

清水谷学園には旧制中学時代からの影響が色濃く残っており、中等部から入学した生徒はクールなタイプより熱血タイプの生徒が多い。教師陣からして一昔前の青春ドラマに出てくるようなタイプが揃っていた。何しろ、武道奨励校なので、剣道や柔道は当然のように授業に組み込まれ、有段者だらけなのだ。

中等部から清水谷じゃなくてよかった、と氷川は幾度となく痛感したものだ。

「珍しいタイプだけど、基本的には優しい先輩だったぜ。諏訪先輩は確実に清水谷の名を上げた。剣道の腕もすごかったけど、英語とドイツ語の弁論大会でも優勝したんだ。英語とドイツ語の論文でも賞をとっている。厚労省に入ったけど、異例のスピードで出世しているみたいだ」

同窓生からひとしきり諏訪の功績を聞いてから、氷川は清水谷学園大学の付属病院を後にした。

それから、ショウと待ち合わせている場所へ向かう。和歌山はだいぶ暖かくなっていたが、東京はまだ風がきつい。

待ち合わせ場所に辿り着くと、送迎用の車が駐《と》まっていたが、ボディガード兼運転手のショウはいなかった。

いや、車の背後に並んでいる大木の向こう側で見つけた。ショウに向かって線の細い男がジャックナイフを振り回している。体格のいい男もサバイバルナイフを振り回している。

危ない、と氷川が声を上げる間もなかった。

スッ、とジャックナイフがショウの頬を掠めた。グサリ、とサバイバルナイフがショウの背中に突き刺さった。

ショウくん、と氷川は悲鳴を上げた。

いや、サバイバルナイフはショウのジャケットを突き刺しただけだ。眞鍋が誇る韋駄天《いだてん》の背中まで通ってはいない。

ショウはギラギラした目でジャックナイフを蹴《け》り飛《と》ばす。同時に体格のいい男の腕を捻《ひね》り上げた。

「……ひっ……ひぃぃぃぃぃぃぃぃぃぃぃぃぃぃぃぃぃぃ」

ショウに腕を捻られた男は、その体格から想像できないぐらい甲高い声を漏らした。苦しそうに涙をポロポロと零す。

「一輝《いっき》、この馬鹿野郎《ばかやろう》」

ショウは鬼のような形相《ぎょうそう》で、体格のいい男を蹴り飛ばした。

一輝、という名の体格のいい男には氷川にも見覚えがある。昨夜、ホストクラブ・ジュリアスにいた人気急上昇中のホストだ。

「ショウ、見逃してくれ」

一輝は大木にしたたかに背を打ちつけ、力なく地面に崩れ落ちた。けれど、ショウの攻撃は緩《ゆる》まない。

ショウは一輝の襟首を締め上げ、その鳩尾《みぞおち》に膝を入れた。ドスッ、という不気味な音が響く。

「うちはシャブはご法度《はっと》だ。見つけたらタダじゃおかねぇ」

ショウがすべて言い終える前に、一輝は意識を失った。

「……ちっ、情けねぇ奴」

ショウは白目を剝《む》いている一輝を放すと、地面にへたり込んでいる線の細い男に近づいた。

ドカッ、ボカッ、とショウは線の細い男を何度も足で蹴る。血飛沫《ちしぶき》があちこちに飛び散った。

もうやめてあげて、と氷川が潤《うる》んだ目で止めようとした瞬間、ショウの蹴りはピタリと終わった。

「蓮《れん》さん、ヤバいことをしやがったな」

蓮は一輝のようにホストクラブ・ジュリアスに入ったばかりのホストではない。京介《きょうすけ》より五年も前に入店したホストだ。入店以来、大きな数字は出していないが、そこそこのポジションをキープしていた。

「……数字が出せなかったんだ……客に頼まれて……客に頼まれて、シャブを融通しただけだ……」

戦後最大の不況は幕引きが見えず、ホスト業界も厳しい岐路に立たされていた。売り上げが出せず、犯罪に手を染めるホストも続出している。

「いったいどこからシャブを買ったんだ?」

どいつのルートだ、とショウは射るような目で蓮を見据えた。

「……元眞鍋組の……元眞鍋組の奴……」

蓮は消え入りそうな声で答えた。氷川は白皙《はくせき》の美貌を強張《こわば》らせる。ショウから発する怒気がますますひどくなった。

「ますます許せねぇ。誰だ?」

ショウは蓮の襟首を掴《つか》み、ぎゅうぎゅうに締め上げた。

「……っ……くっ……ううっ……朝比奈《あさひな》……朝比奈さん……」

氷川は初めて聞く名前だが、ショウはよく知っているらしい。彼の背後に灼熱《しゃくねつ》の炎が燃え上がった。

「……朝比奈か」

バシッ、とショウは腹立たしそうに、蓮の顔を殴り飛ばした。哀《あわ》れにも、蓮の端整な顔は腫《は》れ上《あ》がっている。

商売道具の顔を狙うなど、やってはならないことである。

いや、ショウにとってすでに蓮は眞鍋組と縁のあるホストクラブ・ジュリアスのホストではないのだろう。

「見逃してくれ。こんなことがバレたら、ジュリアスにいられない」

ショウに顔を攻撃されて、蓮は初めて自分の立場を思い知ったらしい。

「ジュリアスのオーナーもシャブは禁止している。シャブに手を出した時点で、クビだ」

清和が覚醒剤《かくせいざい》をご法度にした時、ジュリアスのオーナーもそれに倣《なら》った。

「……クスリは禁止されていなかった……禁止されていない時に俺はジュリアスに入った……」

覚醒剤で女性をがんじがらめにし、金を吸い上げる手法はヤクザの定番だが、その手を駆使するホストも珍しくはない。

「俺じゃなくて、ジュリアスのオーナーに言い訳しろ」

「……や、やめてくれ……ショウ、俺とお前の仲じゃないか……ショウ……オーナーにどんなヤキを入れられるか……俺は二度と歩けなくなる……」

蓮は泣きながらショウの優しさにつけこもうとした。

「このまま逃げられると思うなよ」

この馬鹿野郎、というショウの怒声とともにきつい一発が蓮に下された。ズルズルと蓮はその場に倒れ込む。

いったいどこに潜んでいたのか、どこからともなく、諜報部隊《ちょうほうぶたい》に所属しているイワシが現れる。気絶している一輝と蓮をつつじの垣根の前に駐めていた車に運んだ。何かの映像でも見ているかのようなスピードだ。

「姐さん、お見苦しいところをお見せしました」

ショウに深々と頭を下げられ、氷川はメガネをかけ直してから尋ねた。

「……ショウくん、今のはどういうこと？」

「……あ、ちょっとした運動っス」

ラジオ体操〜っ、とショウは手足を軽快に動かしだしたが、白々しいなんてものではない。氷川は腕を組み、単純単細胞アメーバ男を見つめた。

「誤魔化《ごまか》されると思っているの？」

ショウは言《い》い渋《しぶ》っていたが、とうとう氷川の冷たい視線に負けた。

「……んんんん……う〜ん、ニンニクたっぷりギョーザもいいけど中華まんもいい……うう……あ、あいつら、ジュリアスのホストですが、客に頼まれてシャブを用意しました。だいぶ、マージンを稼いだようです」

「覚醒剤の売買でマージンを得ていたのか」

「馬鹿だ。蓮さんも一輝もオーナーに気に入られていたのに」

ショウが苛立《いらだ》った様子で舌打ちをした時、車道を走っていた車が静かに停《と》まった。後部座席から顔を出したのは、つい先ほど、清水谷学園大学医学部の付属病院で会った諏訪だ。

「君、乗っていきたまえ」

クールに見えるが、知り合ったばかりの清水谷学園大学卒業生を送ってくれるというのか。後輩を可愛がる清水谷の内部生らしい。

予想だにしていなかった諏訪の申し出に、氷川は黒目がちな目を瞠《みは》った。

「ありがとうございます。ですが、迎えが来ていますから遠慮しておきます」

氷川は後輩として諏訪に対峙《たいじ》した。

「そうですか」

諏訪は氷川の背後に佇《たたず》むショウには目もくれず、車窓の向こう側に消えた。怜悧《れいり》なエリート官僚を乗せた車が瞬《また》く間《ま》に小さくなる。

「姐さん、あいつは誰っスか？」

ショウは素早い動作で氷川のために後部座席のドアを開ける。

「清水谷の先輩かな……僕は大学からだし、諏訪先輩は大学は清水谷じゃないけどね」

氷川は後部座席に乗り込みながら諏訪について答えた。クールに見えるが優しい、と諏訪を称していた同窓生の言葉を思いだす。

ショウは運転席に座ると、一声かけてから発車させた。あっという間に、氷川を乗せた車は銀杏《いちょう》の並木道を通り過ぎる。

「先輩？　その諏訪先輩はどこのどういう奴？」

ショウはハンドルを左に切りつつ、諏訪について聞いてきた。

「厚生労働省の官僚」

「独身っスか？」

「独身みたいだよ……ショウくん、なんで諏訪先輩のことを聞くの？」

どうしてそんなに諏訪に拘《こだわ》るのか、いやな予感がした。お目付け役の最大の仕事は姐の浮気防止だ。

「姐さんに張りつく変な虫を排除するのは俺の仕事っス」

案の定、ショウは諏訪を氷川の浮気相手候補に入れていた。

「変な虫？　諏訪先輩が変な虫？　絶対に違うよ」

氷川はあまりの馬鹿馬鹿しさに苦笑を漏らした。諏訪を崇拝する同窓生が知ったら憤慨《ふんがい》するだろう。

「そうっスか？」

「なんか、すごい先輩みたいだよ」

清水谷学園は私立の雄として名を馳《は》せているが、錚々《そうそう》たる傑物を各界に輩出している。諏訪の前にも陽《ひ》の当たる道が用意されているのだろう。

「姐さんが褒めていいのは二代目だけっス」

「……もう」

氷川が呆《あき》れ顔《がお》で溜め息をつくと、ショウはガラリと話題を変えた。

「姐さん、次の病院はどこですか？」

ショウ並びに眞鍋組一同の最大の懸念は氷川の次の勤務先だ。清和も口にこそ出さなかったが、必要以上に神経を尖《とが》らせている。

清和くんにも知らせないと心配している、と氷川は清和に休暇についてのメールを送った。

「まだ決まっていない」

さすがに今の時点で、北海道の病院を打診されたことは明かせない。

「明和《めいわ》病院には戻らないんですか？」

和歌山の丸不二川田病院に派遣される前、氷川は都内の総合病院に勤めていた。明和病院にはそれ相応のステイタスがあり、医局員に人気の派遣先である。

「僕は戻りたいから希望を出したけど、僕の代わりに回された内科医の評判がいいんだ。もう僕のポストはない」

清水谷学園の医局にいると、椅子取りゲームから脱落したな、という視線を送ってくる医局員が少なくなかった。同情している者もいるが、その一方で氷川を脱落者として馬鹿にしているのだ。

ああ、これだ、これが医局のムードだ、と氷川は郷愁にも似た忸怩《じくじ》たる思いを噛《か》み締《し》めた。医師の世界には熾烈《しれつ》な闘争があり、本人の実力だけでは上に行けない。教授選ともなれば裏で札束と怪文書が飛び交い、否応《いやおう》なく派閥争いに巻き込まれる。強い者しか、生き残れない世界だ。

「まさか、また肉もギョーザも食えない僻地の病院じゃないっスよね？　それだけは勘弁してください」

「派遣先、僕に決定権はないんだ」

氷川は水商売の世界では年寄り扱いされるが、医者の世界ではまだまだ若手だ。清水谷学園大学の医局を離れるつもりはない。

「姐さん、次、また僻地だったらマジでヤバいっス」

ショウの声に力がこもり、チリチリチリッ、としたものが車内の空気に混じる。

「祐くんが清和くんのお嫁さんを決めてしまう？」

氷川が北海道に派遣されたら、祐が黙っているとは思えない。晴海《はるみ》の倉庫に氷川の荷物が放り込まれるぐらいではすまないだろう。

「もっとヤバいことになると思います」

「橋高さんや安部さんも怒って、清和くんのお嫁さんを決めてしまう？」

清和がどんなに氷川を求めても、祐のみならず眞鍋組の重鎮まで反対したら、どうなるかわからない。古参の幹部にとって、組長の妻が北海道に赴任など言語道断だろう。

「そんなんじゃねぇっス」

「清和くんが怒って、若くて綺麗《きれい》な女性をお嫁さんにしてしまう？」

とうとう清和に愛想《あいそ》をつかされるかもしれない。何より、氷川にはそれが一番辛い。氷川の心に大嵐が吹き荒れた。

一気に車内の空気がどんよりして、ショウは慌てたように否定した。

「……そ、それは絶対にありません」

「僕が出た後、いったい何人、清和くんに手料理を運んできたの？」

氷川が北海道に行ったら、好機とばかりに二代目姐の座争奪戦は加速するだろう。彼女たちにしてみれば、氷川は二代目姐の座を辞退したに等しい。

「……ぐっ……二代目は眞鍋組総本部に行ったから……」

ショウはそんな季節でもないのに汗を流しながら、アクセルを踏み続けた。氷川を乗せた車のスピードがぐんぐん上がる。

「眞鍋組総本部に清和くんのお嫁さん候補が手料理を運んだの？」

「……あ～う～あ～う～今日のメシは橋高のオヤジがカツ丼《どん》を差し入れてくれました。安部のおやっさんの差し入れは大福餅《だいふくもち》っス」

「僕、少し長いお休みをもらったから、これから毎日、清和くんにお弁当を作って持たせようかな」

僕もそれぐらいできるよ、と氷川は変なところでライバル心を燃やした。何しろ、信司が揃えたのは食器だけではない。クマの顔の弁当箱や籐《とう》のサンドイッチケースまであった。清和に手弁当を持たせろ、というメッセージだろうか。

「……い、いいっスね」

ショウの声は滑稽《こっけい》なくらい裏返っているが、ハンドルを操る腕は確かだ。

「僕のお弁当ぐらいでほかのお嫁さん候補は諦めないよね。やっぱり、戦争をしなきゃ駄目なのかな？」

もし本当に北海道に回されたらどうしよう、清和の花嫁候補とカタをつけてから北海道に行ったほうがいいのか、飛行機とヘリコプターを使えば北海道との距離は縮まるからいいとして、問題は清和に群がる花嫁候補だ。祐くんをどうすれば説得できるのだろう、と氷川の思考回路があらぬ方向にぐるぐると回りだした。

「姐さん、物騒なことは考えないでください」

ひくっ、とショウは喉《のど》を鳴らし、さらにスピードを上げる。黄から赤色に変わる瞬間、ギリギリで信号を通り抜けた。

「そんな、ヤクザみたいな戦争はしない。僕には僕の戦争の仕方があるからね。相手が女性だから怪我《けが》をさせないように……難しいけれどね……女性に怪我がなければ、ビルのひとつやふたつ、なくなってもいいよね」

履歴書の特技の欄には記入できないが、氷川は爆発物製造が得意だ。その気になれば、眞鍋組総本部を爆破することもできるだろう。

「……あ、姐さん、いったい何を考えているんスか？」

「僕、清和くんを誰にも渡したくない」

無意識のうちに、氷川は運転席を叩いていた。

「そんなの、二代目だってそうっスよ」

「けど、このままじゃ駄目だ。このままじゃ……清和くんがイナゴの大群に……」

イナゴの大群ならぬ美女軍団に、清和が食べられてしまうかもしれない。氷川の胸にふつふつと闘志が湧《わ》き上《あ》がってくる。

「イナゴ？　イナゴは不味《まず》い……っと、姐さん、姐さんはこのままでいいっス。二代目の隣にいてくれたら、それでいいんスよーっ」

「清和くんはお肉が好きだよね。女の子もお肉だよね」

氷川の脳裏で清和の肉食嗜好《にくしょくしこう》が豊満な身体《からだ》つきの女性に繋《つな》がった。もっとも、ショウはわけがわからないらしい。

「……あ、姐さん？」

「清和くん、女の子が好きだからお肉が好きなのかな」

氷川はどこもかしこもほっそりとしている。当然、女性のように豊かな乳房や臀部《でんぶ》はない。

「……あ、あの？　肉？　なんで肉と女？」

「清和くんは女の子が好きだから霜降り肉が好きなのかな。女の子のほうが脂肪が多いからね」

清和は松阪牛《まつさかうし》の霜降り肉が一番好きだ。氷川と一緒に暮らす前、毎日のように食べていたという。

「……た、頼みます、戻ってきてください。変な世界に行かないでください」

「僕、頑張る。霜降り肉に負けない」

「頑張らなくてもいいっスーっ」

ショウは涙声で叫びながら、ブレーキを踏んだ。氷川の視界に眞鍋組総本部である眞鍋興業ビルが飛び込んでくる。

「ショウくん？　第三ビルじゃないよ？」

氷川は清和と暮らしている眞鍋第三ビルに送られるとばかり思っていた。清和は氷川が眞鍋組総本部に近づくことをいやがっている。

「姐さんをお連れするように言《こと》づかっていました」

ショウは嗚咽《おえつ》を漏らしつつ、シートベルトを外そうとした。なのに、手が震えて上手《うま》く外せないらしい。

「誰に？」

「……魔女……じゃねぇ、祐さん……」

清和の舎弟たちの間で祐の仇名《あだな》は『魔女』だ。そのネーミングの意味をわざわざ問う者はいない。『魔王』と名づけないところが、祐に対する清和の舎弟たちの恐怖の大きさを物語っている。

「僕、祐くんに呼ばれていたの？　ひょっとして、新しい二代目姐候補についてかな？」

とうとうやってきた祐との直接対決に、氷川は心のハチマキを締め直した。眞鍋組で最もクセのある策士を納得させせないと状況は改善しない。

氷川は久しぶりに眞鍋組総本部に足を踏み入れる。

その瞬間、総本部に詰めていた構成員たちがいっせいに頭を下げた。

「姐さん、お疲れ様です」

宇治《うじ》や吾郎《ごろう》といった若手の構成員だけでなく古参の構成員も、氷川に二代目姐としての最高の礼儀を払っている。以前となんら変わらない。

氷川は拍子抜《ひょうしぬ》けしたが、奥の部屋に清和の花嫁候補が待ち構えている可能性がある。平常心を胸に、吾郎に先導されるまま廊下を進んだ。

「こちらです」

吾郎が氷川のために組長室のドアを開ける。

「祐くん？」

組長室に足を踏み入れた瞬間、氷川は言葉を失った。

何しろ、眞鍋組総本部の組長室に似つかわしくないものが広がっていたからだ。サイズ違いのピンクのキャリーケースが三つ、レース付きのキャリーケースがふたつ、クマの顔を象《かたど》ったポーチがサイズ違いで三つ、花柄のタオルが山積み、ガーリーファッションの典型のようなワンピースが椅子にかけられている。ノンシリコンのシャンプーやコンディショナーとともに、海外モデル御用達《ごようたし》の自然派ボディソープがあった。

「あ、姐さん、お帰りなさい。準備をしていますから、もうちょっと待ってください」

摩訶不思議《まかふしぎ》の冠《かぶ》を被る信司が、いそいそと総レースのバッグにハンカチとティッシュを詰めていた。

信司の背後には、仏頂面の清和とリキが佇んでいる。革張りの黒いソファには眞鍋組の重鎮である橘高と安部がいた。

信司が手にしていたクマの目覚まし時計のメロディー音で、氷川は自分を取り戻す。

いったいこれは何事だろう。

「……ん、どうしたの？」

氷川は掠れた声で清和に尋ねた。

渋面《じゅうめん》の清和ではなく、義父の橘高が口を開いた。

「姐さん、お勤め、ご苦労さんだった。よくボンのところに帰ってきてくれたな」

祐が言ったのならば十割の確率で嫌みだが、橘高となると判断できない。氷川は怪訝《けげん》な顔で聞き返した。

「橘高さん、嫌み……じゃないですよね？」

「俺は祐みたいに気のきいた嫌みは言えない。あいつはたいしたもんだ。あれだけ嫌みを思いつくんだから」

橘高が楽しそうに喉の奥で笑うと、安部は頰を引き攣らせた。祐の父親のような存在の安部は、氷川不在の間、魔女と化した策士から凄絶《せいぜつ》な鬱憤《うっぷん》をぶつけられていたに違いない。

「それで？　いったいこれは？」

氷川はピンクのキャリーケースに、クマのパジャマを詰める信司を指で差した。クマを

象ったチョコレート棒を見つめる清和の様子は異様だ。

氷川には何がなんだかわからない。ただ、年下の亭主の表情を注意深く観察すれば、信司が作っている荷物が誰のものかはなんとなくだがわかる。つまり、信司が忠誠を誓っている清和と氷川の荷物だ。そうであってほしくないのだが。

「ああ、まぁ、姐さんのお勤めは少しばかり長かったからな」

橘高の口調は普段と変わらないし、氷川を非難している気配もない。だが、傍《かたわ》らの安部は苦虫を嚙《か》み潰《つぶ》したような表情を浮かべている。

姐さんがいない間、本当に大変だったんですぜ、戦争のほうがよっぽど楽だ、と安部の目は雄弁に咎《とが》めていた。

「すみません。刑期でもないのに清和くんから離れて……」

氷川がペコリと頭を下げると、橘高は苦笑いを浮かべた。懐《ふところ》の大きな極道は終わったことに拘らない。

「……それでな、姐さん、せっかく休みをもらったんだ。ボンと一緒に香港《ホンコン》にでも旅行に行ってきたらどうだい？」

突然の香港旅行の提案に、氷川は心の底から仰天した。

「……は？　旅行？　香港？」

眞鍋組のシマを香港系のマフィアも狙っていたはずだ。わざわざ清和は敵地に乗り込もうとしているのだろうか。

「ボンが姐さんに逃げられたっていう噂が流れちまってな。ここはひとつ、姐さんとボンが仲良くふたりきりで旅行に行って、周りにわからせてやってくれないかい？」

要は氷川と清和の仲が戻ったと、周囲に理解させればいいと、橘高は言っているのだ。そうなれば、二代目姐候補抗争も自ずと幕を閉じる。

「それは祐くんの考えですか？」

祐のシナリオならば香港旅行の裏に何かあるはずだ。氷川は探るような目で橘高を見据えた。

「俺と安部の頼みだ。姐さんも知っての通り、うちのボンはモテる。……が、姐さんがちゃんとそばにいて仲がよけりゃ、女も騒いだりしないよ」

女たちに諦めさせてくれないか、と橘高は追い詰められたような顔で続けた。海千山千の武闘派も美女の襲撃には参ったらしい。

「今朝、花音さんが朝食を持って訪ねてきました。橘高さんや安部さんも花音さんを二代目姐として認めているとか？」

氷川の心には清和の花嫁候補の言葉が棘《とげ》のように突き刺さっている。ついつい、橘高に苛立ちをぶつけてしまった。

「姐さん、いじめないでくれよ。花音ちゃんは櫛橋……俺の弟分の娘さんなんだが、うちのボンに熱を上げちまってな」

橋高自身、弟分の愛娘《まなむすめ》の猛攻に困惑しているようだ。花音の名に、清和の仏頂面がますますひどくなった。

「涼子さんも手料理を持っていらっしゃいました。橋高さんと安部さんは涼子さんも二代目姐に相応しいと考えているとか？」

「涼子ちゃんは俺の兄貴分の娘さんなんだ。勘弁してくれ」

兄貴分の娘ならば、橋高も無下にはできないだろう。氷川の不在中、苦労したに違いない。

「僕が清和くんの隣にいていいんですね？」

「組長が黒いカラスを白と言ったらカラスは白」

二代目姐は氷川諒一先生以外にはいない、と橋高は静かな迫力を漲《みなぎ》らせて宣言した。安部も同意するように相槌《あいづち》を打つ。

不器用なまでに昔気質《むかしかたぎ》な彼らに嘘《うそ》をついている気配はない。ふたりは眞鍋の頂点に立つ清和に従うだけだ。

「行き先は香港に決定ですか？」

橋高と安部の気遣いに異論を唱えるつもりはない。ただ、指定された行き先に違和感があった。

「姐さんの行きたいところに行ってくれ。まだホテルや飛行機の予約はしていない」

テーブルには香港の最高級ホテルのパンフレットがある。どこがいいか、氷川の意見を聞くつもりだったようだ。

「清和くんを伊勢参《いせまい》りに連れていきます」

氷川が黒目がちな目を輝かせて言うと、屈強な男たちは一様に驚いたようだ。

「伊勢参り？」

「そう、伊勢神宮《いせじんぐう》へのお参りです。日本人なら一度は伊勢参りに行くべきです。実は僕は一度もお参りしたことがありません」

和歌山の山奥で老人たちと親しく接したが、誰もが伊勢参りについて語った。伊勢は日本人にとって特別な場所だと、氷川は実感したものだ。しかし、氷川はこれまで伊勢にはまったく縁がなかった。

「俺もだ」

橘高も伊勢に足を運んだことはないらしい。

「いい機会です。僕、清和くんと一緒に伊勢参りに行ってきます」

インテリヤクザと称されているが、清和は修羅《しゅら》の世界で生きているヤクザだ。氷川は日本の総氏神に清和の罪を許してもらい、これからの無事と健康を祈願してくるつもりだった。

「ああ、それはいい。さすが、姐さんだな」

橘高は氷川の提案に感心したらしく、パン、と手を叩いた。安部も感服したように大きく頷く。

清和も鋭い目で承諾したことを確認してから、氷川はピンクのキャリーケースにリボンのついた帽子を詰めている信司に声をかけた。

「……で、信司くん、それは僕と清和くんの荷物を用意してくれているのかな？」

氷川の目には自分と清和のための荷物には見えない。けれども、信司が信司なので否定したくてもできない。

「そうです」

姐さんの着替えです、と信司が手にしたのはガーリーファッションの代表格みたいなチュニックだ。当然、紳士用ではない。

「信司くん、荷物の用意は僕がするからいいよ」

氷川は患者を騙す笑顔を浮かべたが、信司にはまったく通じなかった。

「これは俺の仕事です。祐さんに言いつかったんです。俺がしないと祐さんに釜《かま》で茹《ゆ》でられて食べられます」

信司の口から祐の名前が飛びだし、氷川は目を丸くした。スマートな策士は氷川を二代目姐の座から降ろすつもりではないのか。

「……祐くん？　僕が清和くんと旅行に行くことを承知しているの？　あれだけほかの女性を煽《あお》っていたのに？」

昨日といい今朝といい、祐に手引きされた二代目姐候補の襲撃を受けている。なぜ、秀麗な参謀は、橘高が提案した清和と氷川の旅行を妨害しないのだろう。

おかしい。絶対におかしい。祐だから裏がありそうでならない。

氷川は祐の行動の矛盾を指摘したが、信司は屈託のない笑顔を浮かべて言った。

「そんなの、祐さんだって、二代目姐は綺麗な氷川諒一先生だってわかっています。旅行に反対しませんでしたよ」

「あの祐くんが反対しなかったの？」

「はい。二代目は姐さん一筋だって宣言しているし」

頑《かたく》ななまでに一途《いちず》な清和の気持ちに折れたのか、引き際だと察したのか、まだ何か裏があるのか、理由は定かではないが、祐は表立って橘高の提案に意義を唱えなかったようだ。もっとも、荷造りに信司を指名するあたり、魔女と恐れられる策士の底意地の悪さを感じずにはいられない。

「……信司くん指名は祐くんのいやがらせかな？」

氷川がチラリと横目で見ると、清和は無言で目を閉じた。可愛い男も祐の陰湿な攻撃にだいぶ参っているようだ。

「姐さん、クマのチョコとウサギのグミとゾウのクッキーを入れておきます。二代目と一緒に車の中で食べてください」

小学生でもないのに、キャリーケースには動物をモチーフにした可愛らしいお菓子が詰め込まれる。

「信司くん、伊勢で食べ歩きをするから食べ物は入れなくてもいいよ。キャリーケースはピンク以外がいいな」

和歌山の住人から伊勢グルメについて聞いている。伊勢の内宮《ないくう》のそばにあるおはらい町は食べ歩きのメッカだ。

「姐さんは絶対にピンクですよ」

信司の中で氷川のテーマカラーはピンクで定着している。それも淡いパステルカラーのピンクだ。

「どうして？」

「姐さんは可愛いから」

カーン、とゴングがどこかで鳴る。伊勢参りの荷物を巡り、氷川と信司の間で苛烈な争いが勃発《ぼっぱつ》した。

この争いは負けるわけにはいかない。頼りにならない清和に応援は求めず、氷川はひとりで奮闘した。とりあえず、ピンクのキャリーケースは回避できたが、代わりに用意されたのは海外高級ブランドのキャリーケースだった。

「贅沢《ぜいたく》な」

氷川が筆で描いたような眉《まゆ》を顰《ひそ》めた時、組長室にショウが息せき切って入ってきた。眞鍋が誇る切り込み隊長の頬には爪《つめ》で引っかかれた痕《あと》がある。

「ヤバいっス。女の殴り込みっス」

どんな屈強な男でも慌てたりはしないが、女の鉄砲玉《てっぽうだま》にはさすがのショウも引いている。一瞬にして、橘高の顔も無残なぐらい崩れた。

「おう、今からボンと姐さんはハネムーンだ。女に説明して帰らせろ」

女を奥まで乗り込ませるな、と橘高の隣で安部が青くなっている。清和はリキの傍らで石像と化していた。

「大丈夫、清和くん、諒兄ちゃんが守ってあげるからね。綺麗なお姉さんなんかに清和くんを渡したりはしないよ」

氷川が大きな清和の手をぎゅっと握り締めると、はっ、と我に返ったようだ。それでも、自分では動こうとせず、橘高に視線で救いを求める。オヤジ、なんとかしてくれ、と。

「俺には無理っス。橘高のオヤジが説得してください」

ショウは泣きそうな顔で橘高に縋《すが》った。今の彼に眞鍋組も手を焼く鉄砲玉の面影は微塵《みじん》もない。

「俺にも無理だ」

橋高は大きな溜め息をついてから、清和と氷川にいつになく早口で言い放った。

「そこの夫婦、さっさと伊勢に旅立ってくれ。ボンはシマにいないほうがいい」

橋高の言葉に圧《お》されるようにして、氷川は清和とともに急ぎ旅立つこととなった。誰もが氷川と二代目姐候補の女性がぶつかることを恐れている。

「清和くん？」

「俺についてこい」

眞鍋組総本部の地下から眞鍋第一ビルに移動し、清和がハンドルを握る車で伊勢に向かう。

「清和くん、旅行だなんてびっくりだね」

「ああ」

慌ただしい出立だったが、清和とふたりきりの旅行は初めてだ。二代目姐候補の襲撃に荒れることもなく、氷川は助手席から清和を感慨深く眺めた。

5

どこからも、二代目姐候補《あねこうほ》は現れない。二代目姐候補に尾行されている気配もない。清和《せいわ》がハンドルを握るメルセデス・ベンツはスムーズに進んだ。

時間が経《た》つにつれ、氷川《ひかわ》の心は弾んでくる。

「清和くん、伊勢参《いせまい》りには順番があるんだ。まず、二見浦《ふたみがうら》で禊《みそぎ》をしてから伊勢の外宮《げくう》にお参りするんだよ」

和歌山の山奥の住人からいろいろと聞いたが、伊勢参りの第一歩は二見浦にある二見興玉《ふたみおきたま》神社へのお参りだ。いきなり、天照大御神《あまてらすおおみかみ》が祀《まつ》られている伊勢の内宮《ないくう》にお参りしてはいけないのだ。

「任せる」

「神社のお参りは午前中がいいんだ。暗くなってからのお参りはやめたほうがいいって聞いた」

氷川は目に見えないものを信じたりはしないが、参拝の時間や作法など、膝《ひざ》を打って納得してしまう説もある。神域に対し、それ相応の礼儀を払うのは当然だ。

「ああ」

「今日は名古屋《なごや》で一泊しようか」

このまま運転し続けて一気に二見浦まで行くより、手前の名古屋で一泊したほうがいいだろう。氷川はずっとひとりでハンドルを握っている清和の身体《からだ》も案じた。

「ああ」

「名古屋のホテル、どこにしよう。あんまり高いホテルはやめようね」

清和が選ぶなら最高級のホテルに決まっている。名古屋には女性垂涎《すいぜん》の最高級ホテルがあった。

「セキュリティを考えろ」

旅に出た解放感からか、氷川は真っ先に考慮しなければならないことを忘れていた。大事な男はいつ、どこで誰に狙《ねら》われるかわからないのだ。

「……あ、そうだね。それもあるね。名古屋にもヤクザはたくさんいるよね」

「ああ」

「名古屋でヤクザのいないところに泊まろう」

ヤクザとゴキブリはどこにでもおんで、と桐嶋《きりしま》の声が氷川の脳裏に響いた。清和も無言で同じことを語っているような気がする。

「……あ、味噌煮込《みそにこ》みうどん」

学会で名古屋を訪れた折、衝撃を受けた味噌煮込みうどんを思いだした。愛知県民の味覚を疑ってしまった名物料理だ。

「清和くん、味噌煮込みうどんを食べてみて。名古屋に泊まろう。僕が連れていかれた味噌煮込みうどん屋に行こうね」

いじめではない。いじめではないが、清和がどんな顔をするか見てみたい。そんな欲求に勝てなかった。

「ああ」

清和は味噌煮込みうどんにまったく動じない。

「味噌煮込みうどんの感想を聞かせてね」

「ああ」

「心配しなくても、美味《おい》しい手羽先の店とひつまぶしの店も知っているから。きしめんも美味しいんだよ」

手羽先やひつまぶし、きしめんが絶品だったから、よけいに味噌煮込みうどんの衝撃が大きかったのだ。関西出身の先輩医師は小倉ソフトや小倉トーストも堪能《たんのう》していた。

「ああ」

「名古屋人のソウルヌードル……えっと、スガキヤだったかな。スガキヤのラーメンも美味しいって聞いたんだよね。僕はひとりでそんなに食べられないから、ふたりでひとつ頼もうか」

名古屋人ならば誰でも知っているという名古屋発祥のラーメンを、関西出身の先輩医師や指導教授は褒《ほ》めちぎっていた。

「ああ」

「……た、楽しいな」

無性に胸がわくわくしてきて、氷川の頬《ほお》は紅潮した。

「そうか」

「清和くんは楽しくないの？」

お前が楽しいなら俺も楽しい、と清和の目は雄弁に語っている。ただ、照れ屋で口下手《くちべた》な男は口に出せない。

「僕、清和くんと一緒で楽しい。嬉《うれ》しい」

ふふふふふっ、と氷川が楽しそうに笑うと、清和の周りの空気が柔らかくなった。彼は氷川が笑っただけで幸せになれる男だ。

そうこうしているうちに、日本六大都市のひとつに数えられる名古屋に到着した。デザイン性の高い建物も目につく。

氷川と清和は外資系の高級ホテルにチェックインしてから、徒歩で名古屋市街に繰りだした。

「名古屋城を見学したいけど……時間がないね」

天下の名城として名高い名古屋城を清和と一緒に見たかった。だが、あたりは黄昏色《たそがれいろ》に染め上げられている。

「明日、行くか？」

いつでもどこでも、年下の男は姉さん女房の望みを叶《かな》えたがる。意外なくらい健気なヤクザだ。

「明日は二見浦だから名古屋城は今度かな。徳川園《とくがわえん》とか徳川美術館も今度かな」

氷川はすでにアバウトな予定を立てている。

「行きたいところに行け」

「僕はお休みをもらっているけど、清和くんは忙しいんでしょう？」

本来ならば、清和は旅行に出かけるような時間はないはずだ。にも拘《かかわ》らず、橘高《きったか》と安部《あべ》が乗りだすあたり、よっぽど美女たちの二代目争奪戦がひどかったのだろう。

「俺のことは気にするな」

「……じゃあ、今日はまず、味噌煮込みうどんかな」

ふたりが真っ先に向かったのは、氷川が衝撃を受けた味噌煮込みうどんの老舗《しにせ》だ。入手したグルメマップを見ながら、目当ての老舗に辿《たど》り着《つ》いた。

「すみません、お腹《なか》がいっぱいなのでふたりでひとつ」

氷川はスタッフに詫《わ》びを入れてから、シンプルな味噌煮込みうどんをひとつ注文した。

清和は無言でメニューを眺めている。

「清和くん、食べられなかったら残していいからね」

氷川が小声でこっそり告げると、清和は微《かす》かに口元を緩めた。

しばらくすると、グツグツと音を立てて味噌煮込みうどんが運ばれてくる。とても美味しそうだ。しかし、氷川は口に入れた途端、ショックを受けた。関西出身の医師の中にも罵倒《ばとう》している者はいた。けれど、美味しそうに食べている医師もいた。清和はどちらだろう。

氷川は甲斐甲斐《かいがい》しく清和の取り皿に味噌煮込みうどんを入れた。

「さぁ、清和くん、召し上がれ」

罰ゲームじゃないよ、と氷川は小声で続ける。

「ああ」

清和は勇猛果敢に味噌煮込みうどんを口にした。いつもと同じ無表情で、味噌煮込みうどんを食べた。

氷川はおむつを替えたこともある年下の亭主の感情を読み取ることができない。彼の顔は氷川の手料理を食べている時となんら変わらないのだ。

清和くんにとって僕の料理と味噌煮込みうどんは同じレベルなの、と氷川は動揺して、握っていた箸《はし》を折りそうになる。

「清和くん、食べられる？」

氷川は箸を手にした体勢で清和にそっと尋ねた。

「ああ」

「本当に食べられるの？」

「ああ」

清和は平然と熱い味噌煮込みうどんを食べている。その辛《から》さや硬さに困惑した様子はない。

どうして、と氷川は清和をまじまじと観察した。

「清和くんの好きな女の子……じゃない、松阪牛《まつさかうし》の霜降り肉とは全然、違うでしょう」

すでに氷川の中で女性は清和の大好物の霜降り肉と同じものだった。清和は無言で味噌煮込みうどんを食べ続けている。

「食べられるんだね」

「ああ」

「びっくりした」

氷川は仰天したが、清和は黙々と味噌煮込みうどんを食べる。愛《いと》しい男の新たな一面を知ったような気がした。

味噌煮込みうどんを食べた後は、ひつまぶしの名店に入った。こちらは文句なしの美味しさだ。

「美味しい」

氷川の口から自然と感嘆の声が漏れる。

清和はひつまぶしも無言で平らげたが、明らかに味噌煮込みうどんを食べた時よりスピードが速い。

「清和くん、やっぱりひつまぶしのほうが美味しい?」

清和の味覚を疑っていただけに、嬉しい反応だ。

「ああ」

氷川はひつまぶしで満腹になったが、若い清和は物足りないだろう。きしめんの名店に入ってから、名古屋人なら知らぬ者はいないという名古屋発祥の和風豚骨スープのラーメンを食べた。どちらも、美味しい。

「……僕、もう食べられない」

きしめんもラーメンもほとんど清和に任せたが、氷川の胃袋はパンパンだ。散歩がてら、イルミネーションに彩《いろど》られた大通りを歩くことになった。

「うわぁ、綺麗《きれい》だな」

デザイン都市の宣言をしてまちづくりをしたらしいが、東京の大都心とはまた違ったムードのある街並みだ。幻想的な夜景の中、光の海を歩いているような錯覚に陥《おちい》る。

「ああ」

「清和くん、高いところは平気？」

氷川の視界に登録有形文化財になった観光タワーが飛び込んできた。数年前にリニューアルし、とんがりタワーこと名古屋テレビ塔は押しも押されもせぬ名古屋のシンボルのひとつだ。

「ああ」

「じゃあ、テレビ塔に上がってみよう」

氷川は清和とともに名古屋テレビ塔に上がった。夜景を一望できる格好の場所だけあって、ロマンチックなムードがあり、やたらとカップルが目につく。それもそのはず、恋人たちの聖地として認定されていた。

いくら旅先の開放感に浸っているとはいえ、男同士でほかのカップルに混じっていちゃつくことはできない。

それでも、清和は氷川の肩を抱いてくれた。

一瞬、氷川は周りの目を気にしたが、どのカップルも自分たちの世界に浸っている。氷川は頬をほんのりと染め、清和に身体を傾けた。

幻想的なまでに美しい光のショーが目の前に広がり、清和の体温を感じ、氷川は最高の幸福を噛《か》み締《し》めた。

ポロリ、と氷川の黒目がちな目から涙が零《こぼ》れる。

「……おい？」

清和がこれ以上ないというくらい心配そうな顔で覗《のぞ》き込《こ》んできた。彼は姉さん女房の涙にめっぽう弱い。

「……清和くん」

「腹でも痛いのか？」

清和は氷川の涙の意味を思い切り間違えていた。彼の周りの空気がやけにざわわしている。

「違うよ」

本来小食の氷川が、今夜は食べすぎていたが、だからといって、腹痛で涙腺《るいせん》が緩んだわけではない。幸せだから、無意識のうちに涙が込み上げてきたのだ。

「名古屋城は明日だ」

年下の亭主の思考回路はどうなっているのか、誰も名古屋城が見学できないくらいで泣いたりはしない。

「そうじゃないの」

「徳川園と徳川美術館も明日だ」

「徳川園や徳川美術館に行けなくて泣いているわけじゃない。幸せだから涙が出たんだよ。僕もこんなところで泣くつもりはなかったけど」

氷川は涙声で説明したが、清和は依然として困惑している。態度にこそ出さないが、だいぶオロオロしているようだ。

「…………」

「……幸せ」

今までお互いに幸福な人生を歩いてきたわけではなかった。氷川は赤ん坊の時に、施設の門の前に捨てられ、実の親の顔や名前を知らずに育った。優秀な成績と可憐《かれん》な容姿のおかげで裕福な氷川家に引き取られたが、氷川夫妻に諦《あきら》めていた実子が誕生した途端、施設から引き取られた養子の立場は辛《つら》いものになった。何度、養母に家を締めだされ、行く当てのない夜の街を彷徨《さまよ》ったか覚えていない。あの頃、親の愛だけではなく、いろいろな愛に餓《う》えていた。欲しいものが多すぎて、ひとつに絞れなかったのだ。

「………」

「清和くんが隣にいて幸せ」

今、氷川は清和の情熱的な愛に包まれている。欲しいものはひとつだけだ。養母の冷たい仕打ちに嘆いていた頃の自分に言ってやりたい。あとで幸せになるよ、と。小さな清和くんが幸せにしてくれるよ、と。

「幸せなら泣くな」

幸せなら笑ってくれ、と不器用な年下の亭主は切羽詰まった顔で見つめてくる。どんな意味があれ、氷川の涙にすこぶる弱いのだ。

氷川は苦笑を漏らすと、目に浮かんだ涙をハンカチでそっと拭《ぬぐ》った。周囲を確認してから、清和にそっと耳打ちする。

「泣きやむようにキスして」

氷川が甘い声でキスを求めると、清和は周りを確かめもせずに唇《くちびる》を近づけてきた。なんの躊躇《ためら》いもない。

ガラス越しに色鮮やかな光を浴びつつ、清和と氷川の唇が重なる。

僕はこんなに大胆だったんだ、と氷川は自分の口から出た言葉に驚いたが、清和への想《おも》いのほうが強かった。望んだ通り、清和のキスを得られて嬉しい。幸せすぎて、涙がはらはらと溢《あふ》れた。

「……っ」

清和は驚愕《きょうがく》で喉を鳴らし、ふたりの甘いキスは終わる。彼は氷川の流れ続ける涙に狼《ろう》狽《ばい》しているのだ。どうも、氷川にキスをしたら泣きやむと思っていたらしい。

「……清和くん？」

氷川は離れてしまった清和の唇が恋しい。寂しさに胸が疼《うず》くが、清和はいつになくオロオロしている。

「泣くな」

清和に一本調子の声で言われ、氷川は素直に頷《うなず》いた。

「うん」

こうしているうちにも、氷川の目から涙がポロポロと流れ続ける。すでに氷川自身、自分の涙を止めることができない。

「泣かないでくれ」

「うん、泣いてないよ」

悲しくて泣いているんじゃない、辛くて泣いているんじゃない、と氷川は清和に伝えたかった。

「……おい」

その涙はなんだ、と清和は暗に問いかけている。

「僕、すっごく幸せ」

「泣くな」

氷川の涙が止まるまで、清和は生きた心地がしなかったようだ。もっとも、ふたりとも喩《たと》えようのない幸福感に包まれていたことは間違いない。

氷川の涙が止まってから、カップルだらけのテレビ塔を下りた。

清和も晴れて成人したたし、バーに繰りだすことも考えたが、あえてレトロな喫茶店に入る。白髪の店主が一杯ずつ、丁寧にドリップからコーヒーを淹《い》れてくれる店だ。

氷川はコーヒーに添えられたお菓子に目を丸くした。ピーナッツにクッキーにチョコレートに饅頭《まんじゅう》、コーヒーのサービスというよりお菓子盛り合わせメニューだ。

「これが噂《うわさ》の名古屋の喫茶店文化なのか」

名古屋には独自の文化が発展しているが、喫茶店文化には驚かされる。

「……ああ」

清和はコーヒーを飲んでから、ピーナッツを口に放り込む。

「コーヒー、美味しいね」

「ああ」

ふたりでコーヒーを堪能した後、伊勢のガイドブックを何冊も買い込み、宿泊する外資系の高級ホテルに向かう。すると、一目で暴力団関係者だとわかる男たちと出くわした。

頬に傷のある大男は清和に足を止め、睨《にら》みつける。立ち位置から察するに、彼が一団のトップだ。

清和くん、危ない、と氷川は背筋を凍らせた。

スキンヘッドの若い男は、清和を威嚇《いかく》するようにサバイバルナイフをちらつかせた。金髪頭や背の高い男も、脅《おど》すようにジャックナイフを取りだした。

彼らのナイフが狙っているのは、氷川の隣にいる美丈夫だ。

警察、警察官はどこにいるの、と氷川は警察官の姿を捜してあたりを見回した。女性警官に扮《ふん》した女性の客引きはいるが、本物の警察官はひとりもいない。

だが、清和は何も気づかないふりをして歩き続ける。氷川の肩に置かれている手にも緊張はない。

一目で暴力団関係者だとわかる男たちは、清和に突っかかることもなく、眩《まばゆ》いネオンが輝いている通りに進んだ。どうやら、清和の素性に気づかなかったらしい。

「……よかった」

氷川が安堵《あんど》の息を漏らすと、清和は低い声でボソリと言った。

「心配するな」

いったいどんな根拠があってそんなことを言うのか、氷川はここで説明を請《こ》う気にもなれない。

「心配するな、って無理だよ。今のはヤクザでしょう」

「たいした奴《やつ》じゃない」

今のご時世、街中で徒党を組んでナイフを見せつけるなど、愚かな小物の所業に等しし

い。眞鍋《まなべ》組の若手があんな態度を取ったら、清和のみならず古参の幹部の叱責《しっせき》が飛び、祐《たすく》による身の毛もよだつ再教育が始まるだろう。

「たいした奴じゃなくてもヤクザなんでしょう。ケンカをふっかけられたら逃げようね」

「…………」

「泣《な》き真似《まね》をしてでも逃げようね」

僕も一緒に盛大に泣いてあげるから、と氷川は泣いたせいで腫《は》れぼったい目を見開き、力を込めて言った。

「…………」

「うわ、あっちにも怖そうな人がいるね。こっちにも……あ、あっちにも……」

凶悪な人相の男より、清和のほうが迫力があるような気がしないでもない。事実、客引きは清和に声をかけるどころか、視線を合わせようともしなかった。

「清和くん、道を変えよう。ケンカをふっかけられるかもしれない。危険だ」

「平気だ」

「怖そうな人ばかりだよ……あ、でも、あっちには綺麗な女の子がいるから駄目」

若い美女が清和にどんな態度を取るか、氷川には容易に想像がつく。

「…………」

「怖い人と綺麗な女の子がいない道を行こう」

氷川は清和の腕を摑《つか》み、あちこちうろうろしながら進む。前回、出張で名古屋に一泊した時、こんなに夜の街をうろつかなかった。なかなか新鮮で刺激的だ。

「清和くん、警察官がいる。安心して歩けるよ。この道からホテルに戻ろう」

二人組の警察官がいる通りを見つけ、氷川は清和の手を取って進んだ。しかし、中年の警察官が、清和を呼び止める。

「東京の眞鍋組の組長じゃないかね？」

中年の警察官に素性を言い当てられ、氷川は真っ青になったが、清和はいっさい動じずに一礼した。

「名古屋の奴らと揉《も》めたのかね？」

眞鍋が名古屋に乗り込んできたのか、と中年の警察官は言外に匂《にお》わせている。隣に立つ若い警察官の顔は派手に歪んだ。

「プライベートです」

「プライベートで名古屋に？」

「伊勢に行く前に立ち寄りました」

清和は淡々と伊勢旅行について言及した。氷川も同意するようにコクコクと頷く。

「伊勢？　まさか、伊勢参りかい？」

中年の警察官の声は裏返り、若い警察官は動揺して後ろの看板にぶつかりそうになった。警察関係者にとって、清和の伊勢参りは想定外の珍事らしい。

「そうです」

「いったいどういう風の吹きまわしかね？」

「女房が行きたがった」

清和は堂々と氷川を二代目姐だと紹介した。

ポカン、と中年の警察官と若い警察官の口が同時に開く。男じゃないか、と制服姿の警官たちは氷川を凝視している。

清和が臆《おく》せずに紹介してくれたのだから、氷川も胸を張って名乗るしかない。

「氷川諒一《りょういち》です。よろしくお願いします」

氷川の挨拶を聞いて、ようやく中年の警察官は正気を取り戻したようだ。自分を覚醒させるように頰を叩《たた》いた。

「眞鍋組の二代目組長の嫁が男だって噂は本当だったのかね」

清和が迎えた男の姐の噂は、東京から名古屋に伝わっているようだ。氷川は苦笑を漏らしてしまう。

「名古屋にまでそんな噂が流れているんですか？」

「箱根を越えたら名古屋だよ」

「それもそうですね」

「こんなところで会うのもなんかの縁かもしれん。一応、耳に入れておく。元眞鍋組の朝《あさ》比《ひ》奈《な》が暴れているようだ……ああ、その分だとよく知っているな?」

いきなり、中年の警察官は話題をガラリと変えたが、清和は真顔でコクリと頷いた。元眞鍋組の朝比奈、という名前には氷川も聞き覚えがある。今日、ショウとホストクラブ・ジュリアスのホストの間で出た名前だ。ジュリアスのホストに覚醒剤を売った由々しき人物である。

「朝比奈を野放しにしていたら被害者が増える一方だ。善意の情報提供はいつでも受けつけているぜ」

頼む、と中年の警察官が物悲しい哀愁を漂わせた時、真っ赤なフェラーリが凄《すさ》まじいエンジン音を立てて暴走してきた。

ネオンが点滅しているキャバクラに、ドカーン、と突っ込む。

瞬時に立ちこめる白い煙と炎、甲高い悲鳴と罵声が飛《と》び交《か》い、さまざまな店舗が立ち並ぶ通りは騒然となった。

「眞鍋の組長が鉄砲玉《てっぽうだま》にやらせたのか?」

中年の警察官は糾弾するような目で清和を見つめた。どうやら、暴走車を清和の仕業だと疑っているようだ。

氷川は血相を変えたが、清和は落ち着いた様子で答えた。

「言いがかりだ」

「頼むから、戦争はやめてくれ」

名古屋に血の雨を降らさないでくれ、と中年の警察官は名古屋を守る男としての思いを吐露する。彼は名古屋という地を心の底から愛しているようだ。

「わかっています」

清和が頭を下げると、中年の警察官と若い警察官は騒動の元に走っていった。とんだとばっちりだ。

「清和くん、逃げよう」

焦る氷川とは裏腹に、清和は泰然としている。

「…………」

「清和くんが命令したんじゃないよね？」

清和を信じないわけではないが、手打ち後に氷川に黙って藤堂を狙った前科がある。氷川は念を押さずにはいられなかった。

「ああ」

キャバクラに突っ込んだ暴走車から、武装した若い男が飛びだしてくる。キャバクラのスタッフに銃口を向けて発砲した。

ズギューン、ズギューン、ズギューン、と三発の銃声が鳴り響き、キャバクラのスタッフがふたり、道端に倒れる。

さらに銃声は響き渡る。

先ほどの中年の警察官と若い警察官が鎮めようとするが、銃の乱射による被害は大きくなるばかりだ。

「うわっ、じゃ、疑われる前に逃げよう。今、ここにいる中で清和くんが一番迫力があるから」

氷川が清和の手を引いて歩きだした時、白い煙が立ちこめる騒動の中から、赤毛の男が物凄《ものすご》い勢いで現れた。

あちらも前を見ていないのか、氷川と勢いよくぶつかりそうになる。

間一髪、清和の手によって、氷川は赤毛の男と衝突せずにすんだ。もっとも、清和は凄まじい形相《ぎょうそう》で赤毛の男を睨みつける。

「……っ……くっ……」

赤毛の男は清和の迫力に怯《おび》え、逃げていった。あっという間に、野次馬でごったがえす風景の中に消える。

これらは一瞬の出来事で、氷川は声を上げる間もなかった。

「清和くん、ただ単にぶつかりそうになっただけだからそんなに睨まなくても」

氷川は清和の態度に筆で描いたように美しい眉《まゆ》を顰《ひそ》めた。

「気をつけろ」

「それはわかっているけどね……と、僕より清和くんだよ。清和くんが不審人物だと思われる。早く逃げよう」

パトカーのサイレンと悲鳴が響く中、氷川は清和の手を引いて、宿泊する外資系のホテルに入った。街中での修羅場《しゅらば》が嘘《うそ》のように、ゆったりとした雰囲気が流れている。スタッフもみな、感じがいい。

当然のように、清和は最高級のホテルを取っていた。

「ああ、もったいなくて目がつぶれるかも」

なんまいだ～、なんまいだ～、と氷川は豪華絢爛《ごうかけんらん》な部屋の入り口に立ち、左右の手を合わせて拝んだ。

清和は意表を突かれたのか、珍しく感情を顔に出した。少年時代の面影がある表情だ。

諒兄ちゃん、と口が動きかけた。

が、すんでのところで踏《ふ》み留《とど》まっている。

氷川は自分では気づいていなかったが、和歌山の僻地暮《へきちぐ》らしがすっかり染《し》みついていた。耳の遠い老人ばかり相手にしていたので、声もすこぶる大きくなっている。

「おら、清和くん、手をあらっちゃらよぅ」

氷川の口から和歌山訛《なま》りの言葉が漏れ、清和の目はふわふわと宙を浮いた。それでも、姉さん女房にはいっさい逆らわない。

「清和くん、ええ子やな」

氷川は清和に手を洗わせてからうがいをさせた。もちろん、自分の手洗いとうがいも忘れない。

「清和くん、かえらし、なんてかえらし……」

可愛《かわい》い、可愛い、と氷川は幼子《おさなご》にするように清和の頭を撫《な》でた。スリスリ、と頬も摺《す》り寄《よ》せる。

「…………」

「清和くんに僕の畑を……あ、僕に畑はないんだ。清和くんに畑を譲りたいのに……」

氷川はようやく我に返り、愛しい美丈夫を見上げた。畑どころか、すべて捧《ささ》げても惜しくない男だ。

「…………」

やっと戻ってきてくれたのか、と清和から哀愁混じりの安堵感が伝わってくる。

「ごめん、なんかはしゃいじゃった」

つい先ほど、街のど真ん中で起こった乱射事件も氷川のどこかのネジを緩ませた。現実感がないのだ。

「…………」

「清和くんが誰よりも可愛いせいだよ。だから、大目に見てね」

「……………」

可愛い、はいい加減にやめてくれ、と清和が心の中で文句を零している。氷川には手に取るようにわかったが、暴走し始めた感情は止まらない。

「可愛い。こんなに可愛い子はどこにもいないよ。日本一……ううん、世界一、可愛い。僕の大事な清和くん」

「……………」

「さっきの警察官、よくも僕の可愛い清和くんを疑ったな」

氷川は清和が着ていたアルマーニのスーツの上着を脱がせた。クローゼットからハンガーを取りだし、皺《しわ》にならないようにかける。ネクタイを外すのも、シャツを脱がすのも、氷川の白い手だ。

清和を全裸にしてから、氷川もすべての衣類を脱ぎ捨てる。自分の裸体に注がれる視線は子供のものではない。

「そんな目で見ちゃ駄目だよ」

氷川は頬を薔薇色《ばらいろ》に染めると、清和の切れ長の目に指でそっと触れた。

「……………」

「清和くん、お風呂《ふろ》に入ろう。外国のテレビに出てくるようなお風呂だよ」

氷川は清和の手を引いて、広々としたバスルームへ進んだ。

大きなバスタブに浸《つ》かりながら、テレビが観《み》られるようになっているし、ガラス張りのシャワーブースもある。氷川はバスタブに湯を張りつつ、清和と一緒にシャワーを浴びた。

濡《ぬ》れた美丈夫は凄絶《せいぜつ》な男性フェロモンを漂わせている。

もっとも、それ以上に氷川は匂い立つような色気を発散させた。

「清和くん、髪の毛を洗うから目を瞑《つぶ》っていてね」

清和は子供の頃のようにジタバタ動かないから、髪の毛を洗うのも楽になった。口の中まで泡《あわ》まみれになった過去が懐《なつ》かしくさえある。

「はい、清和くん、いい子」

氷川は満面の笑みを浮かべ、清和の身体を泡立てたボディシャンプーで洗った。自分の身体もスポンジで洗っていると、清和の下半身の異変に気づく。

「……清和くん？」

若い男は姉さん女房の色気に煽《あお》られ、静かに昂《たか》ぶっていた。裸体では男の欲望を隠しようがない。

「……すまない」

昨夜、ふたりの身体は底なし沼のように深く繋《つな》がった。氷川の身体には情交の痕《あと》がべったりと張りついたままだ。それなのに、清和の分身は氷川を求めている。

「謝る必要はないよ」

氷川は頬を上気させて、清和の分身に手を伸ばした。

すっ、と清和は身を躱《かわ》す。

「……触るな」

「どうして」

これは僕のもの、と氷川は恥じることもなく、真《ま》っ直《す》ぐに摑んだ。ぎゅっ、と優しく握り締める。

「……おい」

「いいのに」

抱きたくなったら抱いてもいいんだよ、と氷川は清和の耳元に優しく囁《ささや》く。愛しい男の逞《たくま》しい肩が揺れ、シャワーの湯を激しく弾《はじ》いた。

「疲れているだろう」

清和が心配するのも当然なほど、ここ数日、強行軍が続いているが、氷川の心身は疲弊していなかった。

「いいよ」

「倒れないでくれ」

氷川と清和の身体は、同じ男だと思えないくらい違う。強靭《きょうじん》な肉体を誇る清和にしてみれば、氷川の華奢《きゃしゃ》な身体は壊しそうで恐ろしいようだ。

「僕はそんなに弱くないよ」

医者は見た目よりずっとハードな仕事で、心身ともに強い者でなければ務まらない。そのうえ、氷川は和歌山のハードな日々をこなした後である。いろいろな意味で逞しくなった自負があった。

「…………」

「あんまりいやらしいことをしないならいいよ」

清和くんはいつの間にあんなにいやらしいことをする子になったんだ、と氷川の精神があらぬ方向に飛んだ。

「…………」

「僕を見て、こんなになったんだよね」

氷川は自分の手の中で成長していく清和の分身が愛しい。

「…………」

「僕は霜降り肉じゃないのに」

僕は若い女の子じゃないのに、と氷川は口にしたつもりが言い間違えてしまった。自分でもわけがわからない。

もっとも、掌《てのひら》で煽っている雄々しい男根は萎《な》えずに膨張していく。

「…………」

「清和くん、おいで」

氷川はシャワーブースの壁に両手をつけ、清和に向かって腰を突きだした。欲情した身体は己の浅ましい痴態を振り返る理性を失わせている。

ゴクリ、と清和が息を吞《の》む声が聞こえてきた。

「諒兄ちゃんの中においで」

優しく包んであげる、と氷川は清和をあだっぽく誘った。

「いいんだな？」

「いいよ」

精力のありあまっている若い男が、色気を纏《まと》った日本人形に勝てるわけがない。吸い寄せられるように、清和の手は氷川のほっそりとした腰を摑んだ。

ふたりが最高の悦楽を感じられる器官はすでに甘く疼いている。氷川の身体に和歌山暮らしのブランクはない。

「……も、清和くん、そういうのはいいから……」

ボディシャンプーの滑《すべ》りを借りて秘部に侵入してきたのは、清和の硬くなった分身ではなくて指だった。肉壁を広げるように指を動かされ、氷川はたまらなくなってしまう。快感が強すぎて、立っていられない。

「怪我《けが》をしたら」

清和の男性器は凶器にも等しい大きさと硬度を誇っている。

「平気、平気だから……」

「………」

「そんなふうに弄《いじ》っちゃ駄目」

やっ、と氷川は甘い嬌声《きょうせい》を上げ、腰をグラインドさせてしまう。

「………」

氷川は自分で淫《みだ》らに誘っておきながら、いざそういった行為になると理性が動く。けれど、身体は清和から与えられる愛撫《あいぶ》を素直に喜んでいる。否定したくてもできない。紛《まぎ》れもない事実だ。

「清和くん……」

「いいのか?」

感じているのか、と氷川の体内で蠢《うごめ》いている清和の長い指は尋ねている。

「そんなこと、聞いちゃ駄目だよ」

わざわざ尋ねなくても、わかっているはずだ。氷川は肌に走る快感に耐えつつ、艶混《つやま》じりの声で詰《なじ》った。

「言え」

「……馬鹿《ばか》……や……や……」

肉壁を押しわける清和の指の動きが一段と激しくなる。ポイントを擦《こす》りあげられ、氷川は上半身を大きくしならせた。

背中から倒れそうになったが、清和の逞しい腕と胸に支えられる。

「……綺麗だ」

「……清和くん……もう……もう……おいで……」

「もっと見たい」

さらに淫らになる姿を見たい、という清和の男としての欲望が伝わってくる。

「僕、これ以上、おかしくなったら……」

伊勢参りの前に名古屋でこんな行為に没頭してもいいのだろうか、一瞬、氷川は躊躇ったものの今さらだ。

清和の手に導かれるように、氷川は腰を淫蕩《いんとう》にくねらせた。

6

翌朝、ホテルで朝食を摂《と》った後、氷川《ひかわ》と清和《せいわ》は名古屋《なごや》を出立した。しかし、清和は氷川が行きたがった名古屋の名所を気にしている。

「名古屋城はいいのか？」

清和と一緒に名古屋城を見て、徳川園《とくがわえん》や徳川美術館まで足を延ばしたいが、それよりも当初の目的を果たしたかった。まず、日本人ならば一度は行きたい伊勢神宮《いせじんぐう》のお参りだ。

「うん、本来の目的を忘れていた。名古屋で引っかかっている場合じゃない。神頼みをしないと」

どうか北海道《ほっかいどう》の四方伝柳《しほうでんやなぎ》総合病院に回されませんように、と氷川は心の中で必死になって祈った。今までこういうタイプではなかったが、和歌山《わかやま》の日々で信心深い老人たちに感化されたのかもしれない。

「神頼み？」

清和の切れ長の目がすっと細められたが、氷川は感情を込めて肯定した。

「うん、困った時の神頼み」

「何か困っているのか？」

清和に抑揚のない声で尋ねられ、氷川もなんの気なしに答えた。

「まあね」

「俺に言え」

清和の言葉でようやく氷川は自分を取り戻した。北海道行きを打診されているなど、清和にバレたらどうなるかわからない。

氷川は悲しそうな顔で訴えるように言った。

「清和くんのお嫁さん候補がさっさと清和くんを諦《あきら》めるように神頼み」

これは嘘《うそ》でもなければ冗談でもなく、目下、氷川の最大の悩みのひとつだった。自身の和歌山行きが引き起こしたから苦悩もより大きい。

「……………」

清和は不機嫌そうな顔でハンドルを左に切った。

「清和くんは僕のものだって、どうしたらわかってくれるかな」

「俺のそばにいればいい」

俺が姐《あね》として隣に座らせるのはお前だけだ、と清和は鋭い目で語っている。彼の気持ちは一貫して変わらない。

「僕と清和くんが暮らしている部屋に手料理を持って乗り込んできたのは誰？　花音《かのん》さんに涼子《りょうこ》さん、僕が医局に行った後、まだまだ乗り込んできたよね？」

「気にするな」

清和は吐き捨てるように言ったが、氷川の心はチクチクと痛み続けた。インターホン越しに聞いた花音や涼子の声が耳にこびりついている。

「清和くんがモテなくなるようにお願いしたほうがいいのかな。ハゲになってみる？」

どうやったら清和が女性を魅了しなくなるのか、氷川は必死になって頭を働かせた。強引にハゲやデブになった清和を想像してみる。だが、ハゲやデブになっても清和はモテるかもしれない。事実、ハゲやデブでも女性にモテる医師は多い。

「………」

氷川の言葉に触発されたのか、清和は確かめるように自身の短い髪の毛に触れた。どうやら、髪の毛と縁を切りたくないらしい。

「何？　いつまでも女の子にモテていたいの？」

「……そうじゃない」

「僕にモテたら、ほかの女の子にモテなくてもいいよね？」

「ああ」

名古屋を出立してから二見浦《ふたみがうら》に到着するまで、氷川と清和は延々、決着のつかない話を続けた。しかも、氷川の興奮のボルテージがだんだん上がっていく。車内の雰囲気に呼応するように、名古屋を出る頃は晴れていた空が、いつの間にかポツポツと雨が降りだし、二見浦についた時には暴風雨になっていた。

「ほら、清和くんが女の子を惑わすから神様が怒っているんだ」

車から降りた途端、氷川を激しい雨と風が襲う。本来ならば青い空と海が広がっているはずだが、どうにもこうにも視界が悪い。

「…………」

「二見浦は禊《みそぎ》する場所なんだって。罪と穢《けが》れを落とすためにこの海で禊をするみたい……雨も禊になるのかな？」

横殴りの強い雨に、傘はその役目を果たさない。信司《しんじ》が用意した荷物の中に、白とピンクの花柄の折りたたみ傘はあったが、レインコートはなかった。

「…………」

「それとも僕と清和くんの罪が大きいから、こんなに激しい大雨になったの？」

よくよく考えてみれば、氷川と清和の愛はいくつかの悲劇を生んだ。氷川が現れるまで、清和の姐候補筆頭として遇されていた京子《きょうこ》が引き起こした復讐劇《ふくしゅうげき》にも似た抗争は記憶に新しい。

「考えすぎだ」

清和は典型的な現実主義者で、目に見えないものに揺さぶられたりはしない。

「清和くんが女の子を泣かすから大嵐《おおあらし》……あ？」

夫婦岩《めおといわ》が視界に入った瞬間、バキッ、と傘の骨が折れた。

不吉だ。いや、不吉なんてものではない。氷川は折れた傘と雨風の向こう側に見える夫婦岩を眺《なが》める。

「大丈夫か？」

「清和くん、夫婦岩だ」

夫婦岩と呼ばれる仲良く並んだ男岩と女岩は、二見浦の沖合にあり、猿田彦大神《さるたひこのおおかみ》縁《ゆかり》の興玉神石《おきたまかみいし》を拝する鳥居に等しい。天気のいい日には富士山を望めることもあるが、悪天候の今日は富士山の影も形もない。

「……あ？」

初めて清和は氷川の視線の先にある夫婦岩に意識を向けた。彼は夫婦岩について知識がなかったらしく、三十五メートルの大注連縄《おおしめなわ》五本で繋《つな》がれた男岩と女岩を怪訝《けげん》な目で眺める。

単なる大きな岩と小さな岩だろう、という清和の心情が聞こえてきたような気がした。

「夫婦岩の前で傘が折れた。これは僕たちの未来？　おみくじ？　傘おみくじなんてあったっけ？」

氷川は折れた傘をたたみ、どしゃぶりの雨をその身に受けた。まさしく、禊だ。滝《たき》行《ぎょう》のような気がしないでもない。

「気にするな」

清和の視線の先は折れた傘ではなく、ずぶ濡《ぬ》れの氷川の身体《からだ》だ。自分の傘で氷川を雨から守ろうとした。その瞬間。

ポキッ、と清和の傘の骨が折れる。

ポキリ、と氷川の心も折れた。そんな気分だ。

夫婦岩の前でふたりの傘が相次いで折れるなど、何かの凶兆としか思えない。氷川の白《はく》皙《せき》の美貌《びぼう》が強張《こわば》り、いてもたってもいられなくなる。和歌山の老人に倣《なら》って、お経でも唱えたくなる。

知《し》らず識《し》らずのうちに、夫婦岩に向かって手を合わせていた。

「清和くん、この雨は天罰？　昨日の晩、あんないやらしいことをしたから罰が当たったのかな？　僕、おかしくなったよね？　いやらしく二度目をねだったのは僕だったよね？　三度目も僕だっけ？」

氷川の心が張り裂けそうな叫びに、清和は折れた傘を手にしたまま固まった。まるで、男岩のように。

「清和くんが可愛《かわい》かったので、いやらしいことをしてしまいました。神様、どうか、許してください」

氷川が夫婦岩に向かって拝む姿に、清和はようやく正気を取り戻したようだ。折れた傘

を無言でたたむ。

「今夜はいやらしいことをしませんから見逃してください」

氷川は夫婦岩に一礼してから、真っ赤な目で暴風雨にビクともしない清和を見上げた。

「清和くん、海に入る必要がないくらい濡れた」

伊勢参《いせまい》りに浮き足立っていたせいか、天気予報はチェックしていなかった。

「ああ」

「僕と清和くん、禊はばっちりだ。これで罪と穢れは落としたはず」

人として生きている以上、多かれ少なかれ罪は犯している。禊のための暴風雨なのかもしれない。氷川は前向きに考えることにした。二見浦までやってきて、後ろを向いてはいられない。

「ああ」

「二見興玉神社《ふたみおきたまじんじゃ》にお参りだ。まず、名乗って、お礼を言ってから」

二見興玉神社の祭神は道開きの神である猿田彦大神だ。交通安全や善導の守護神として有名だが、縁結びや夫婦円満にもご利益《りやく》があるという。

「清和くん、夫婦円満のご利益があるんだって。清和くんのお嫁さんは僕だよね？」

「ああ」

「ふたりでこうやってお参りできたことを感謝してから、夫婦円満をお願いしよう」

お願いばかりしては駄目だと、和歌山の老人たちに叩《たた》き込《こ》まれている。まず、感謝をしてからだ、と。

「ああ」

「お賽銭《さいせん》は奮発するぞ」

手を合わせて拝む氷川には、鬼気迫るものがあった。氷川自身、こんなに一心不乱でお参りするのは初めてだ。受験の時でも神頼みはしなかったというのに。国家試験の時でも神仏に縋《すが》ったりはしなかったのに。

お参りを終えた時、宿泊する旅館のチェックインまでかなりの時間があった。どしゃぶりの雨の中、近くにある二見シーパラダイスに向かうことになった。

「名古屋とはちょっと……ううん、だいぶ、違うね」

二見は名古屋の中心街とは比べようもないくらい田舎《いなか》だ。

「ああ」

「なんか、レトロ？　懐《なつ》かしいムードがある」

二見シーパラダイスがある二見プラザはどこか郷愁を誘う施設だ。和歌山の老人たちは気軽に買い物をしたり、食事を楽しんだりしたと聞いている。

「ああ」

「平日だから？　人が少ないね？」

空きテナントは見当たらないが、観光客はほとんどおらず閑散としている。平日だからだろうか。

「ああ」

「清和くん、悪目立ちしてる」

どこにいても清和は人目を引くが、のどかな場では異様だ。

「…………」

「とりあえず、どこかに入ろうか」

氷川と清和は軽い食事をしてからコーヒーを飲み、雨に濡れた身体を休める。氷川がくしゃみを連発すると、清和は心配そうに目を曇らせた。

「大丈夫か？」

「僕は平気。清和くんは？」

「平気だ」

ゆっくりして暴風雨のダメージを取り除いてから、氷川と清和は水族館に入った。

こういった施設に詳しいわけではないが、氷川はそれぞれテーマをつけた水槽に仰天してしまう。お化け屋敷に見立てた水槽や神社に見立てた水槽やら、いろいろと凝《こ》っている。凝ってはいるのだが……。

「……え？　清和くん、これは何？」

水族館とは国内外の海の動物に会えるところだと認識していた。二見シーパラダイスの水族館でもさまざまな海獣がいるが、妙なテーマで演出されている。

「………」

「これは二見シーパラダイス独自なの？　変に凝りすぎてチープ感がある」

わざわざ水槽の魚にセリフをつけなくてもいいのに、しかもふきだしが取れかけている、と氷川は剝《は》がれ落《お》ちたふきだしを見た。

「………」

「清和くん、昔、水族館に行きたがっていたよね？　あの時、連れていってあげたかったんだけど……」

幼い頃、清和は水族館や動物園に行きたくても連れていってもらえなかった。氷川は小遣いと時間の関係で清和を連れていけなかった。せいぜい、動物がいる無料の公園だ。

「連れていってもらった」

「ただの公園だよ」

「ガキの俺は楽しかった」

「……あ、清和くん、こっちは水槽じゃない。森の中みたい？　……あ、可愛い動物がたくさんいるよ」

氷川は清和の手を引いて、水族館内を歩き回った。なんというのだろう、出会った頃に戻ったような気がしてくる。

あの頃、清和は氷川の顔を見たら真《ま》っ直《す》ぐにヨチヨチとやってきた。ここは自分の居場所だというように、氷川の膝《ひざ》にちんまりと座ったものだ。

今、凜々《りり》しく育った清和は氷川の膝に乗ったりしないし、だっこをせがむこともない。けれど、氷川を真っ直ぐに見つめる清和の視線は変わらない。

「清和くん、諒《りょう》兄ちゃんは楽しいよ」

氷川が在りし日の口調で言うと、清和は口元を軽く緩めた。思い出に浸る姉さん女房の気持ちが理解できるからだろう。

氷川が清和とともにイルカを見ていると、幼い子供を連れた父親が近づいてきた。あちらも楽しそうにイルカを眺めている。

あのお父さんは変装している、と氷川は子供連れの父親に注意を留めた。そして、気づいた。彼は変装した一流の情報屋だ。

「木蓮《もくれん》さん、こんなところで何をしているの？」

ポンポン、と氷川が肩を軽快に叩くと、清和は目を見開いた。不夜城の覇者はその正体にまったく気づかなかったらしい。

子供連れの父親は怪訝な顔で首を傾《かし》げた。

「おや？　どこのお兄さんかな？　どこかでお会いしましたか？」

このお兄さんを知ってるかい、と善良そうな父親は傍《かたわ》らの子供に氷川について尋ねる。あどけない子供は氷川の前で首を大きく振った。

「木蓮さん、惚《とぼ》けても無駄だよ。子供を利用するなんて陳腐《ちんぷ》な演出だ」

氷川が糾弾するように父親に扮《ふん》した木蓮の髪の毛を引っ張る。どうやら、ウイッグではないようだ。

「……姐さん相手に惚けても無駄か」

木蓮は観念したのか、降参とばかりに両手を上げた。傍らの子供も真似《まね》るように左右の手を上げる。

「木蓮さんがプライベートでここにやってきたとは思えない。目的は清和くん？」

「微妙《ごま》な水族館が好きなんです。ここ、いいでしょう？」

「誤魔化《ごまか》そうとしても無駄だよ。清和くんのどんな情報を探っているの？　まさか、昨日、名古屋であった発砲事件となんか関係があるの？」

氷川がきつい目で問い質《ただ》すと、木蓮は外国人のように大げさに肩を竦《すく》めた。

「姐さん、相変わらず、豊かな想像力ですね」

「どんな目的があって木蓮さんはこんなところに来たの？」

氷川は木蓮の襟首を摑《つか》み、射るように見据えた。ヤクザの戦争の仕方もだいぶ変わっている。今の時代、情報を制御できなければ勝てないと言われていた。時に一流の情報屋は勝利の鍵《かぎ》を握る。

「では、率直にお聞きします。姐さんは二代目と別れる気はないんですか？」

木蓮は開き直ったのか、真顔でどこぞのインタビュアーのように氷川に尋ねてきた。

「ないよ」

「このまま二代目と添い遂げる気ですか？」

「うん、清和くんは僕のものだよ……あ、ひょっとして、僕と清和くんの仲を探る依頼を受けたの？」

氷川は木蓮の目的に気づき、長い睫毛《まつげ》に縁取られた瞳《ひとみ》を揺らした。二代目姐の座を狙《ねら》う美女たちの中に、木蓮の存在と活用法を熟知しているプロがいるようだ。

「名古屋テレビ塔ではあてられました。ラブラブですね」

木蓮は肯定も否定もせず、昨夜《ゆうべ》の氷川と清和について言及した。

「見てたの？」

「組長が姐さんに首ったけになる理由がわかります」

「……じゃあ、僕と清和くんはふたりでひとつだって、誰も入り込めないって。清和くんは諦めろって、依頼人に報告して」

二代目争奪戦が鎮まるように噂《うわさ》を操作して、と氷川は木蓮の襟首を掴み直し、思い切り揺さぶった。

「姐さん、熱いラブシーンを見せてもらったお礼にひとつ、情報を提供します。姐さんが狙われています。下手《へた》をしたら逮捕されるかもしれない。気をつけてください」

一瞬、氷川は木蓮の言葉を理解できず、胡乱《うろん》な目で聞き返した。

「……え？　僕が？　逮捕？」

木蓮は氷川を相手にせず、清和を意味深な視線で見つめた。

「眞鍋《まなべ》の組長なら、姐さんを狙っている奴《やつ》らに気づいていますよね？」

名古屋のテレビ塔ではFカップ美人を連れた男、コーヒー専門店では週刊誌を読んでいた常連客風の男、車がキャバクラに突撃した通りでは赤毛の男、みなさん、お見事に撃退されましたね、と木蓮は独り言のようにつらつらと続けた。

つられるように、氷川も清和を見上げる。

「清和くん、どういうこと？」

名古屋のテレビ塔ではFカップ美人を連れた男、コーヒー専門店では週刊誌を読んでいた常連客風の男、車がキャバクラに突撃した通りでは赤毛の男、木蓮に言われてみれば、それぞれ氷川にぶつかりそうになった男ばかりだ。そのつど、清和が素早い動作で盾になって庇《かば》ってくれた。

「お前は俺が守る」

よけいなことを言いやがって、と清和が心の中で木蓮を罵《ののし》っているのは確実だ。

「うん？　だから、どういうことなの？　逮捕ってどういうこと？」

氷川が清和から木蓮に視線を戻した時、すでに子供を連れた善良そうな父親はいなくなっていた。風のように消えている。

「……あ、あれ？　木蓮さん？」

氷川が腰を抜かさんばかりに仰天したが、清和はいつもと同じように平然としている。一流の情報屋は神出鬼没が鉄則だ。

「どうして、あれが木蓮だとわかった？」

清和だけでなく諜報部隊《ちょうほうぶたい》率いるサメでさえ、木蓮の変装は見破れないという。なのに、素人《しろうと》の氷川があっさりと看破する。

「なんとなく」

氷川自身、これといった理由は説明できない。

「またそれか」

「それ以外に言いようがない……で、僕が狙われているって？　逮捕されるとか言っていたよね？　僕は逮捕されるようなことはしていないよ」

薬の横流しも、生命保険金詐欺《さぎ》にも、怪しい医薬品販売の名義貸しにも、氷川は加担していない。誓って犯罪に手を染めてはいないが、自分のあずかり知らぬところで、自分の名前がどう悪用されているかわからない世の中だ。

「心配するな」

身に覚えはないが、氷川の不安は募《つの》る。縋るように、清和の逞《たく》ましい腕をぎゅっと摑んだ。

「俺がいる」

「木蓮さんは大嘘を言って不安にさせるタイプじゃないよね？」

「俺が守るから」

氷川はいてもたってもいられなくなったが、清和の態度は一貫して変わらない。何より、すでに夕暮れ時だ。

清和の珍しく積極的な勧めで、お土産屋《みやげや》でいろいろと買い込む。支払いと荷物持ちは雄々しい美丈夫だ。

「伊勢えびカレーもいいね。眞鍋のみんなに買っていこう……あ、清和くん、伊勢えびカレーは僕が払うよ」

「いい」

清和は氷川に一銭たりとも出させたりはしない。素早い動作でレジに立つ女性にクレジットカードを提示した。

「……あ、伊勢のあられも美味《おい》しそうだな」

氷川がイカとえびのあられを手に取った時、背後を中肉中背の観光客が通り過ぎようとした。

その瞬間、レジにいた清和が凄《すさ》まじい勢いで、中肉中背の観光客の手を捻《ひね》り上《あ》げる。ボキッ、という不穏な音が鳴った。

「……ぐ、ぐうっ」

中肉中背の観光客は苦しそうに呻《うめ》き声《ごえ》を上げ、その手からポトリと何か落とした。小さな透明のパケに入った白い粉だ。

「俺の女房に何をする気だ」

清和は中肉中背の観光客の腕を捻り上げたまま、悪鬼の如《ごと》き形相《ぎょうそう》で凄《すご》んだ。殺気が尋常ではない。

いったい何がどうなっているのか、氷川はまったくわからなかった。まず、清和を止めなければならない。

「……せ、清和くん？　一般人に乱暴をしちゃ……」

ボキッ、と鳴ったから骨折させてしまったかもしれない。ヤクザが善良な一般市民を骨折させたらどうなるか、氷川の背筋に冷たいものが走る。

「こいつはカタギじゃない」

清和は断定口調で言ったが、氷川は呆然《ぼうぜん》とした。

「……え？」

「こいつ、お前の上着のポケットにシャブを入れようとしやがった」

清和は忌々《いまいま》しそうに床に落ちた白い粉を見つめる。

「……は？」

氷川が驚愕《きょうがく》で下肢を揺らした時、制服姿の警察官がやってきた。二見プラザのスタッフが呼んだのかもしれない。傍目《はため》には眼光の鋭い大男が善良そうな観光客に暴力を振るっているように見えるだろう。

「清和くん、警察だ。その人の手を放して」

氷川が清和の腕に触れようとした矢先、制服姿の警察官に肩を叩かれてしまう。ポンポン、と。

「君、観光客かね？」

「……は、はい」

なんの前触れもなく、制服姿の警察官は氷川の上着のポケットに手を突っ込んだ。そして、白い粉が入ったパケを取りだした。

いったいそれはなんだ。

当然、氷川には身に覚えがない。どうしてそんなものが自分のポケットに入っていたのか、見当もつかない。

制服姿の警察官は神妙な面持ちで、パケに入った白い粉を舐《な》める。

「覚醒剤《かくせいざい》だ。覚醒剤取締法《とりしまりほう》違反で逮捕する」

一瞬にして、氷川の思考回路が停止した。

目の前が真っ白になる。愛《いと》しい男の顔も見えないし、声を聞くこともできない。指一本、動かすこともできない。

制服姿の警察官は手錠を手にした。

無骨な手が氷川の男にしては繊細な手に伸びる。

氷川の手に手錠をはめようとした時、不夜城の覇者の声が静かに響き渡った。

「おい、下手な芝居はよせ」

清和は依然として中肉中背の観光客の腕を捻り上げている。ポタポタポタ、と中肉中背の観光客から脂汗が滴《したた》り落《お》ちた。

「なんのことだね？」

「いくらで買収された？」

予想だにしていなかった清和の言葉に、氷川は正気を取り戻した。

「……え、え？　買収？」

目の前にいる制服姿の警察官に不審な点はない。氷川の目には典型的な派出所勤務の警察官に見える。

「こいつとグルだ」

清和は中肉中背の観光客を制服姿の警察官に向かって勢いよく放り投げた。ドスン、とふたりは床に重なるように倒れ込む。

「買収された理由も買収した奴もわかっている。サツを辞めたくないなら引け」

清和は床に這《は》い蹲《つくば》った制服姿の警察官を足で蹴《け》った。

「……ぐっ……な、なんのことだか……なんのことだかわからんが……」

制服姿の警察官は口では否定しているが、すぐに体勢を立て直して逃げていった。中肉中背の観光客は床に落とした覚醒剤を拾ってから立ち去る。

呆気《あっけ》ない幕切れに、氷川は開いた口が塞《ふさ》がらない。

「すまない。いやな思いをさせた」

清和の謝罪に氷川は瞬《まばた》きを繰り返した。

「……せ、清和くん？　今のは？」

突風のようにやってきて、突風のように消えた。未《いま》だに実感が湧《わ》かない。それこそ、キツネかタヌキに化かされた気分だ。

伊勢えびカレーを買った店のスタッフは、電話で楽しそうに話し込んでいる。こちらで何があったか、まったく気づいていないようだ。

「気にするな。俺が守る」

口下手な男が必死になって、氷川を宥《なだ》めようとしている。

「……ちゃ、ちゃんと説明して……あ、さっき、木蓮さんが言っていたのはこのこと？　僕が狙われて……逮捕されるとか？　このことなんだね？　覚醒剤？　観光客が僕のポケットに覚醒剤を勝手に入れて、警察官が逮捕するシナリオだったの？　失敗したから、警察官が僕のポケットに覚醒剤を入れたの？」

氷川は感情を剝《む》き出《だ》しにして食ってかかったが、清和に無理やり出口に誘導された。確かに、こんなところでできる話ではない。

足早に二見プラザを出る。

「清和くん、これも修行？　……あ、せっかくのお土産が雨に濡れる」

激しい雨風は一向に収まらず、氷川と清和は最後の禊をしながら、宿泊する旅館へ向かった。

二見の一日目は暴風雨の禊で始まり、禊で終わった。

チェックインした旅館は、玄関口からロビー、廊下にいたるまですべて畳が敷かれ、しっとりとした日本情緒が漂っていた。部屋も広々として落ち着きがあり、都会の喧騒《けんそう》を忘れさせてくれる。

氷川と清和はすぐに風流な貸し切り風呂《ぶろ》で冷えた身体を温めた。ほっこりと癒《い》やされるが、暴風雨で絶景が見えないことが残念でならない。

「清和くん、晴れていたらよかったのにね」

氷川が湯を手ですくいながら指摘すると、清和は低い声で肯定した。

「ああ」

「うん、清和くんと一緒だったら嵐でもなんでもいいんだけどね」

氷川は一呼吸置いてから、聞きたかったことを口にした。

「二見プラザでのあれは何？　僕は覚醒剤所持の現行犯で逮捕されるところだったの？　そんな罠《わな》が仕掛けられていたの？　清和くんは知っていたの？　知っていたんだよね？」

氷川は冷静に尋ねたつもりだったが、荒い語気で捲《ま》くし立《た》てていた。覚醒剤という存在を憎みこそすれ、使おうとは夢にも思わない。

「すまない」

清和は悲愴感《ひそうかん》を漂わせて謝罪するが、氷川は首を小刻みに振った。愛しい男の詫《わ》びを求めているわけではない。

「そんなのはいいから、ちゃんと説明してほしい。テレビ塔でも喫茶店でも通りでも僕は狙われていたの？　誰に狙われていたの？」

木蓮が口にした言葉を、氷川は嚙《か》み砕《くだ》いて理解しようとする。どうも名古屋にいた時から、氷川は狙われていたようだ。隙《すき》あらば、氷川のポケットに覚醒剤を忍び込ませ、逮捕させるシナリオだったのだろう。

「お前は必ず守る」

清和は裏を明かそうとしないが、だからこそ、氷川は気づいてしまった。罠を仕掛けた犯人が女性であると。

「……あ、わかった。眞鍋組の二代目姐候補が僕に罠を仕掛けたんだね？」

氷川がズバリ言うと、清和は言葉を失った。動揺して下肢が動いたらしく、派手に湯が揺れた。

「こんな罠を仕掛けられるんだから普通の女性じゃない。……ああ、部屋に押しかけてきた花音さんかな？　涼子さんかな？」

罠を仕掛けてきた男たちは、氷川の目には一般人に見えたが、清和は玄人《くろうと》だと明言していた。ヤクザを顎《あご》で使える女性となれば限られてくる。橘高《きったか》の弟分の娘である花音、もうひとりは橘高の兄貴分の娘である涼子。

「花音さんだね？」

清和の表情はこれといって変わらないが、花音の名に微《かす》かに反応した。これは氷川にしかわからない能力だ。

「……………」

「キスしてあげるから教えて」

氷川が濡れた目で凝視すると、観念したのか、清和は湯面に向かって明かした。

「……サメから報告があった」

諜報部隊率いるサメから、花音について由々しき事態を聞かされたらしい。

「花音さんが僕を陥《おとしい》れようとしているって？」

「ああ」

明かしてくれたご褒美《ほうび》とばかり、氷川は清和の唇に甘く吸いついた。チュッチュッ、と二度、音を立ててから離れる。

「清和くんは覚醒剤をご法度《はっと》にした。僕が覚醒剤を持っていたら、清和くんの顔に泥を塗ったのも同然、姐失格」

なぜ、花音が覚醒剤に拘《こだわ》っているのか、氷川もなんとなくだが理解できた。手っ取り早くヒットマンを送り込まないところが、花音の可愛いところなのだろう。いや、陰険なのだろうか。

「俺の女房はお前だけだ」

妬《や》くな、怒るな、泣くな、と清和は心の中で叫んでいる。

「知っている。怒っていないから安心して」

氷川は清和の目尻に唇で優しく触れた。

清和の顔に感情は出ていないが、明らかにほっと胸を撫《な》で下《お》ろしている。花音の罠を知れば、氷川が荒れると踏んでいたのだろう。

「東京を出てからずっと、清和くんが守ってくれていたんだ」

氷川は昇《のぼ》り龍《りゅう》を背負った男にいつでも守られていることを知っている。

「ああ」

「一言でも言ってくれたら僕も注意したのに」

氷川が溜《た》め息《いき》混《ま》じりに零《こぼ》すと、清和の鋭い目に影が走った。できるならば、氷川に何も気づかれず、伊勢参りを終わらせたかったのだろう。

「…………」

「花音さんの戦争はまだまだ続くの？」

花音は可憐《かれん》な容姿をしていても、最高の男を手に入れるためには手段を選ばない女性だ。清和を忘れられずに自滅した京子とは、また違った執念じみた恋情を感じる。

「終わらせる。気にするな」

所詮は素人だと、手の内はわかっていると、清和は花音を切り捨てている。

清和に毅《き》然《ぜん》とした態度で言われたら、氷川は頷《うなず》くしかない。貸し切り風呂は快適だが、そろそろのぼせそうだ。

「清和くん、上がろうか」

貸し切り風呂から上がり、氷川は自分と清和の身体をタオルで拭《ふ》いた。当然とばかり、彼に浴衣《ゆかた》を着せる。

「大きいサイズの浴衣を用意してもらったけどまだ小さいね」

仲居が清和の長身を見て、一番大きなサイズの浴衣を用意してくれたが、それでもまだ小さい。必要以上に足が見えている。

「ああ」

「なんか、足が出てて可愛い。ツンツルテン」

清和の浴衣姿で花音に対する不安が一気に吹き飛ぶ。氷川の頬《ほお》はだらしなく緩みっぱなしだ。

「…………」

清和は自分の足元を真顔で凝視した。きっと、凄絶《せいぜつ》な違和感に苛《さいな》まれているのだろう。

「可愛い。もう本当に可愛い。僕の清和くんが一番可愛い」

氷川は花が咲いたように笑うと、清和の手を引いて貸し切り風呂を出る。真っ直ぐ部屋に戻って、氷川はなんの気なしに携帯電話を確認した。

指導教授からメールが届いている。内容は悪い噂しかない北海道の四方伝柳総合病院への異動の打診だ。

珍しくお休みをくれたと思ったら、と氷川は指導教授からのメールの文面を噛み締めた。こんなメールひとつで僕が納得すると思っているのか。思っているんだろうな。僕なんていくらでも替えのきく駒《こま》のひとつだ。氷川の思考がネガティブになる。

北海道の四方伝柳総合病院を避けるためには、裏から医局側に働きかけるしかないのだろうか。

けど、氷川には医局側に渡せる資金がない。これといった後ろ盾もない。養父は氷川病院の院長だが疎遠になって久しかったし、頼る気はさらさらなかった。

「どうした？」

清和に声をかけられ、氷川はにっこりと微笑《ほほえ》んだ。せっかく愛しい男がそばにいるのに、こんなことでイライラしたくない。

「なんでもない」

タイミングよく、仲居が料理を運んでくる。どれもこれも芸術品のように手の込んだ料理だ。

「美味しい」

伊勢えびの刺身に氷川はほっぺを落としそうになった。

「ああ」

「明日、この伊勢えびの頭でお味噌汁《みそしる》を作ってくれるって。楽しみだね」

「ああ」

最高の会席料理を堪能《たんのう》した後、氷川と清和は窓辺の椅子《いす》に腰を下ろした。窓の外は相変わらず、激しい嵐が吹き荒れている。

「明日、お参りなのに……晴れてくれないかな……」

氷川はてるてる坊主《ぼうず》を作りたい心境に駆られた。

「移動は車でしよう」

車での移動に異議を唱える必要はない。

「清和くん、伊勢神宮っていってもね、内宮《ないくう》と外宮《げくう》があってね、どっちも広いんだ。みんな、歩くのが大変だったたって言っていた」

氷川は和歌山の老人たちから仕入れた伊勢参りについて滔々《とうとう》と語る。清和は無言で耳を傾けていた。

「せっかくだし、寝る前にもう一度、お風呂に入ろうか」

「ああ」

氷川と清和は再度、貸し切り風呂に入った。当然といえば当然だが、夕食前に入った時とは風情が違う。夜の露天風呂《ろてんぶろ》もなかなかだ。

二度目の今回は早めに出る。

貸し切り風呂があるフロアからエレベーターに乗り込み、宿泊している部屋のフロアで降りた。チン、という音とともにエレベーターのドアが開く。

その瞬間、エレベーターの前で殴り合っている男たちが視界に入った。ひとりは清和の舎弟である吾郎《ごろう》だ。もうひとりは白髪《しらが》が目立ち始めた四十代半ばの平凡な男である。しかし、手には短刀が握られていた。

「……え？　吾郎くん？」

氷川が掠《かす》れた声を上げると、清和が物凄《ものすご》い形相で怒鳴った。

「吾郎に何をするっ」

清和の声に吾郎の動きが止まる。

その隙《すき》を狙って、四十代半ばの男は吾郎の背中を短刀で斬《き》りつけた。

危ない、と氷川が悲鳴を上げる間もない。

吾郎がよろめくと、再度、短刀が振り下ろされる。

「やめろーっ」

氷川が真っ赤な顔で叫ぶや否や、吾郎を狙っていた短刀を清和が阻《はば》んだ。間一髪、清和は腕力で短刀を取り上げる。

「邪魔をするな」

四十代半ばの男は、短刀を取り上げた清和に向かって殴りかかった。

清和くんに何をする、と氷川が手にしていたタオルを投げた瞬間。

シュッ、と清和は繰りだされた拳《こぶし》を難なく躱《かわ》す。

「櫛橋《くしはし》組の男だな」

清和は四十代半ばの男を右手と右足で押さえ込んだ。

「……くっ」

四十代半ばの男は悔《くや》しそうに声を漏らした。

櫛橋組の組長は眞鍋組二代目姐の座を狙っている花音の父親だ。橘高の弟分に当たる。

あ……、と氷川は清和が押さえ込んでいる四十代半ばの男を凝視した。一見、ヤクザには見えないが、注意深く見れば一般人とは体格がまるで違う。

「お前、名古屋の喫茶店にいたな」

清和の怒気を漲《みなぎ》らせた詰問に、四十代半ばの男は一言も答えない。押さえ込まれているが、心の中では屈服していないのだ。

「答えないのならば、答えたくなるようにするか」

清和が脅迫じみた言葉を口にした時、四十代半ばの男は隠し持っていたジャックナイフを取りだした。シュッ、とそれで清和の顔に斬りつける。

すんでのところで清和は躱し、四十代半ばの男の鳩尾《みぞおち》に固く握った拳を入れた。すかさず、うなじも殴る。

「……う……よくも男なんかに血迷いやがって……」

四十代半ばの男はくぐもった声を発しつつ、畳の上に倒れ込んだ。ピクリとも動かない。

「お手を煩《わずら》わせて、すみません」

吾郎が悲痛な面持ちで詫び、清和は大きく首を振った。

「吾郎、詫びは無用」

清和は無口だが、必要な言葉はきちんと口にする。

氷川は畳の床に頭を擦《こす》りつけて詫びる吾郎の手を取った。彼がこんな謝罪をする必要はない。

「吾郎くん、やめて。頭を上げて」

覚醒剤絡みで逮捕させることに失敗し続けたからか、とうとうヒットマンを送り込んできたのかもしれない。なんにせよ、二代目姐の座を狙う花音が、邪魔な氷川を排除しようとしたのだろう。

「姐さん、怖い思いをさせてすみません。護衛の俺がこんな不手際……」

「いいの、そんなのはいいんだ。清和くんがいてくれたから僕は怖くなかった。それより、怪我《けが》は？　病院に行こう」

氷川は短刀で斬りつけられた吾郎の背中に手を伸ばした。

「平気です」

氷川は見切れなかったが、一瞬の差で短刀を躱したらしい。吾郎の背中に短刀で負った怪我はないようだ。

「平気じゃないよ。それでなくても、前の抗争で大怪我をしたんだ。お願いだから、身体を大事にしてね」

清和の姐候補と目されていた京子が仕掛けた抗争で、吾郎は大怪我を負い、生死の境を彷徨《さまよ》った。ここまで復活したのは、吾郎の若さと生命力の強さゆえだ。あの時のことを思いだして、無意識のうちに、氷川の目が潤《うる》んでいた。

「姐さん、泣かないでください」

吾郎も氷川の涙にはすこぶる弱い。

「吾郎くんが自分の身体を大事にしなかったら泣《な》き喚《わめ》いてやる」

「……姐さん」

吾郎が救いを求めるように清和に視線を向ける。だが、清和の意識はいつの間にか風のように現れたイワシに向けられていた。

「イワシ、後始末は任せた」

「はい」

イワシは四十代半ばの男を肩に担《かつ》ぎ上《あ》げると、非常階段から出ていった。見事としか言いようのない手際のよさである。彼は清和驀進《ばくしん》の最大の理由と目されている諜報部隊の精鋭だ。

「吾郎くんは病院」

氷川は吾郎を強引に病院に連れていこうとしたが、こちらもあっという間に消えていなくなっていた。

「……あれ？　吾郎くん？」

目の前には愛しい男しかいない。

「清和くん、花音さんは清和くんを諦めない。終わらないよ」

氷川は清和の手を摑むと、部屋に向かって歩きだした。何があろうとも、彼の手を放すつもりはない。

「終わらせる」

「どうやって終わらせるの？」

氷川が清和の手を引いて部屋に戻ると、奥の和室には布団が敷かれている。けれども、まだ布団に入る気にはなれない。

氷川はふたり分のお茶を淹《い》れ、桐《きり》の卓に二見プラザで買った二見名物と信司がキャリーケースに詰め込んだお菓子を並べた。

清和は二見プラザで買った地酒を手にしている。

「ああ、そうだね。清和くんは二十歳《はたち》になったんだよね。お茶よりお酒のほうがいいかな」

お茶よりアルコールのほうが舌が回るかもしれない。氷川は部屋に置かれていたグラスを桐の卓に載せた。

「二見の夜に乾杯しよう」

氷川が音頭を取り、辛口《からくち》の地酒で乾杯する。

氷川は飲めないわけではないが、そんなに強くはない。二杯目からお茶で、二見神前海岸の海水を炊《た》き上《あ》げた岩戸《いわと》の塩を使ったようかんを食べる。甘さと塩味が絶妙だ。

「清和くん、さっきの榊橋組のヒットマンは僕の命を狙っていたの？」

「……みたいだ」

清和はいっさい誤魔化さず、憮然《ぶぜん》とした面持ちで肯定する。

「僕と清和くんの間がどうなっているか、木蓮さんは花音さんから調査依頼を受けたのかな？」

花音に一流の情報屋が扱えるのか、と氷川は空恐ろしくなる。木蓮は誰でもコンタクトを取れるような情報屋ではない。

「花音じゃない。父親の榊橋組長のはずだ」

花音を恐れるな、花音を必要以上に意識するな、力を持っているのは花音ではなくて父親だ、と清和は何気なく注意しているようだ。

「……え？　榊橋組長？　それは誰からの情報？」

サメ率いる諜報部隊は花音や櫛橋組長をマークしていたのか。氷川が怪訝な目で尋ねると、清和は荒れている窓の外を眺めながら答えた。

「バカラ」

誰もが認める一流の情報屋といえば、木蓮、一休《いっきゅう》、バカラ、と三人の名があがる。京子が仕掛けた激烈な戦いの最中《さなか》、氷川は祐《たすく》に問答無用で使われたバカラと会っていた。

「……ああ、木蓮さんと張り合うバカラの情報？」

バカラが摑んだ情報ならば信憑性《しんぴょうせい》が高い。

「木蓮の口から俺の意思が伝わるだろう。櫛橋組長が花音を止めるはずだ」

櫛橋組長はそんな馬鹿《ばか》なヤクザじゃない、と清和は苦しそうに続けた。どうも、橘高の弟分に当たる櫛橋組長を認めているらしい。

「櫛橋組長と眞鍋組は縁が深いの？」

「ああ、櫛橋組長がいなければオヤジは死んでいた」

嵐が吹き荒れる二見の夜は、眞鍋組と櫛橋組の昔話で更けていった。清和と花音の縁談が、眞鍋組にとっても櫛橋組にとっても最高の絆《きずな》であることは確かだ。氷川の心が暴風雨のように荒れたのは言うまでもない。

7

翌朝、楽しみにしていた伊勢《いせ》えびの味噌汁《みそしる》は絶品で、氷川《ひかわ》は感嘆の声を上げた。しかし、花音《かのん》のことを思うと心は重くなる。さらに追い討ちをかけたのが、指導教授からのメールだ。昨日のメールと同じように、内容は北海道《ほっかいどう》の四方伝柳《しほうでんやなぎ》総合病院への打診である。

氷川が忸怩《じくじ》たる思いで携帯電話を凝視していると、清和《せいわ》が心配そうに尋ねてきた。

「どうした？」

「なんでもない。予定通り、お参りに行くよ」

氷川と清和は一泊した部屋を出て、エレベーターでフロントに下りた。上品な女将《おかみ》がチェックアウトの手続きを取る。

氷川は先に玄関から出て、天候を確認した。

「……雨、ポツポツと降ってる？　このまま降り続けるのかな？　やんでくれないかな？　どうして今日も雨？」

氷川が無情の雨にがっくりしていると、携帯電話の着信音が鳴り響いた。清水谷《しみずたに》学園大学の医局秘書からだ。

このタイミングの電話ならば、十中八九《じっちゅうはっく》、北海道の四方伝柳総合病院行きの話だ。出たくない。だが、出なかったら勝手に話を進められてしまうかもしれない。氷川は意を決して、応対した。

医局秘書は定形の挨拶《あいさつ》をした後、いきなり北海道の四方伝柳総合病院の院長に替わった。しまった、と後悔しても遅い。

四方伝柳総合病院の院長はつらつらと口上を述べてから、縋《すが》るような口ぶりで切り込んできた。

『氷川先生、氷川先生がどれだけ優秀で素晴らしい内科医であるか、お聞きしています。不便なところですが、できる限りのことはさせていただきます。どうか、うちに来てくださらないでしょうか』

いやです、と氷川は心の中で断った。立場上、口が裂けても言えない。

「僕に務まるとは思えません」

『氷川先生以外、うちが務まるとは思えない。お願いします、待遇は保証しますから、うちに来てください。ポストは内科部長を用意しています』

三十歳の内科医がいきなり内科部長など、ブラック病院以外の何物でもない。運転手付きのメルセデス・ベンツを用意されようが、美人家政婦付きの二戸建てを用意されようが、税金のかからない金銭を用意されようが、到底、承諾できない。

氷川は清水谷学園の医局員としての立場を守りつつやんわりと断ったが、四方伝柳総合病院の院長は粘《ねば》った。

苦戦していると、チェックアウトを終えた清和が旅館から出てくる。

「すみません。僕は今、仕事の関係者と旅行中なんです。連れが来たので失礼します」

氷川は強引に電話を終わらせると、清和に向かって作り笑いを浮かべた。

「清和くん、チェックアウトは無事にすんだね？」

「ああ」

「じゃ、神頼みツアーに行こうか」

雨なんかに負けるもんか、と氷川はげんこつを握って力んだ。雨雫《あめしずく》の粒が大きくなっているが、気にしていたら何もできない。

「頼み事があるなら俺に言え」

「神様にしか頼めないことも世の中にはあるんだ」

氷川は顔を引き攣《ひっ》らせながら、助手席に乗り込んだ。宿泊した旅館の女将や仲居、男性スタッフが見送る中、清和が発車させる。

氷川は伊勢のガイドブックと車窓の向こう側に広がる風景を交互に眺めた。伊勢は東京とも名古屋とも違う。

「お参りは伊勢市駅の近くにある外宮《げくう》からだよ。天照大御神《あまてらすおおみかみ》の食事係を祀《まつ》っているんだって。産業の神様でもあるから清和くんのビジネスにも大切だね」

今夜、氷川と清和が宿泊する旅館は伊勢市駅から近い。清和が露天風呂《ろてんぶろ》付きの部屋を予約したというから楽しみだ。

「ああ」

「……あ、でも、お願いはしちゃ駄目なんだ。感謝だ。感謝をしようね」

「ああ」

「伊勢市駅の隣が清和くんの好きな松阪だよ。ほら、松阪牛《まつさかうし》の松阪」

伊勢ガイドブックは松阪牛についてページが割《さ》かれている。氷川が清和と立ち寄る予定のおはらい町やおかげ横丁《よこちょう》にも、松阪牛を使った逸品《いっぴん》が販売されていた。

「…………」

「わざわざ松阪牛を食べなくても、伊勢には美味《おい》しい海鮮がいっぱいあるからね。僕と一緒に海の幸を堪能《たんのう》しよう」

伊勢えびに牡蠣《かき》にあわび、と氷川は頰《ほお》を紅潮させた。

「……ああ」

伊勢グルメに集中しようとしても忘れられない。氷川は心に棘《とげ》のように刺さっていたことを聞いた。

「……で、昨日、旅館に忍び込んだヒットマンは？」

「イワシが櫛橋《くしはし》組長に送りつけた」

清和はイワシによる処理を一本調子の声で明かした。

「それで？」

「櫛橋組長から詫《わ》びが入った」

予想した通りの報告が櫛橋組から入ったらしい。これで終わりだ、と清和は力強く言っているかのようだ。

「……そう、よかった。じゃあ、櫛橋組長が花音さんを止めてくれるかな」

櫛橋組の構成員を駆使できなければ、花音も単なる女性にすぎない。警察官を買収することも、ヒットマンを送り込むこともできないだろう。

「ああ」

「櫛橋組長が言ったくらいで花音さんは清和くんを諦《あきら》めるかな？」

清和を忘れようとしても忘れられなかった美女の最後の戦争がひどかっただけに、氷川は花音の幕引きが気になって仕方がなかった。どんな父子《おやこ》関係か知らないが、花音はちゃんと聞き入れてくれるのだろうか。

「……怒るな」

「怒っていないよ」

氷川が花音の女心に神経を尖《とが》らせた時、外宮の駐車場が見えてきた。氷川は携帯電話の電源を落とす。

外宮の表参道に続く火除橋《ひよけ》の前に立つと、自然に背筋が伸びた。自分でも不思議なくらい、清々《すがすが》しい気持ちになる。

氷川と清和は一礼してから、火除橋を渡った。

どこか懐《なつ》かしい、どこか清らかで、どこか優しい。

遠い昔から文明が発達した現代まで、神域に斧《おの》を入れることが禁止されているというが、神話時代の深い森に足を踏み入れたような気がする。上手《うま》く言い表せないが、今まで参拝した神社とはどこか違う。

「雨が降っていなかったら最高だったのに」

氷川は二見《ふたみ》で購入した傘を差しながら、強くなりだした雨足に溜《た》め息《いき》をついた。

「寒いか？」

「僕は平気」

第二の鳥居を潜《くぐ》って、さらに進む。

外宮のご祭神である豊受大御神《とようけのおおみかみ》が祀られている正宮《しょうぐう》が、視界に飛び込んできた。写真で見る正宮とは厳《おごそ》かさが違う。

氷川は清和とともに二拝二拍手一拝の手順にのっとり、ありったけの感謝を捧《ささ》げた。愛《いと》しい男とこうやって参拝できたこと自体、世知辛《せちがら》い世の中にあって奇跡だ。

天気が悪くても次から次へと参拝者が訪れる。

氷川と清和は下がる挨拶をしてから正宮を後にした。次は外宮の第一別宮《べつぐう》に当たる多賀宮《たかのみや》に向かう。

土宮《つちのみや》や風宮《かぜのみや》にも参拝し、勾玉池《まがたま》を眺めてから外宮を後にする。当然、すべての神にありったけの感謝を伝えた。

「次は月夜見宮《つきよみのみや》に行こう。月の神様は女性のイメージがあるけど、天照大御神の弟なんだって」

「そうか」

「清和くん、『古事記』とか『日本書紀』とか、どこまで本当なのかな？」

天照大御神だの弟である月夜見尊《つきよみのみこと》だの、氷川は口にしているが、ふと我に返った。

「…………」

俺に聞くな、と清和の鋭敏な目は雄弁に語っている。ここに連れてきたのはお前だ、とも語っている。

「そうだね。信じる者は救われる、だよね」

氷川は和歌山《わかやま》の老人たちの言葉を思いだした。

「…………」

「大昔から続いているんだから、きっと何か意味があるんだよ。ほら、薬みたいに問題があったら、製造中止になっているはずだからね」

「………」

月夜見宮はこぢんまりとした別宮で、雨の音が耳に静かに響いてくる。こちらでも、氷川と清和は厳かな気持ちで感謝を述べる。

月夜見宮の次は和歌山の老人たちに教えられた通り、道開きの神である猿《さる》田《た》彦《ひこ》神社《じんじゃ》へ寄る。

氷川は冷静さを旨に、携帯電話の電源を入れた。予感的中、清水谷学園大学の医局から着信が入っていたし、メールが何通も届いている。内容はすべて北海道の四方伝柳総合病院への配属についてだ。

この様子だと、医局側は氷川を四方伝柳総合病院に回すことを決めたのかもしれない。氷川の胸がムカムカした。

運転席でハンドルを握っている清和に、相談できるはずがない。北海道、と一言でも口にした瞬間、氷川は閉じ込められるだろう。

北海道行きを正式に言い渡されたら、医局員ならば涙を呑《の》んで行くしかない。拒むならば、医局を離れなければならない。

なんのツテもコネもないから、まだ医局から離れてやっていく自信はない。あと五年、せめてあと三年、一年でもいいから医局員でありたい。

氷川が葛藤《かっとう》に苛《さいな》まれていると、携帯電話の着信音が鳴り響いた。医局秘書からだが、無視する。

「いいのか？」

清和に胡乱《うろん》な目で尋ねられたが、氷川はすました顔で答えた。

「うん、今、出ないほうがいい。神頼みツアーの真っ最中だから」

しつこく鳴り響いた着信音が途切れるや否や、氷川は携帯電話の電源を落とした。外は激しい雨が降っているが、心の中ではぼたん雪が降っている。

そうこうしているうちに、木々が生い茂る一帯に近づいた。森でもなければ公園でもなく、目当ての猿田彦神社だ。

氷川は車から降りると、真剣に清和に言い放った。

「清和くん、猿田彦神社ではお願いしてもいいからね。お願いしよう」

折しも、猿田彦は道開きの神様だ。清和と離れなくてもすむ適切な医療機関に回されることを祈った。それはもう真剣に。

どうか北海道の四方伝柳総合病院に回されませんように、清和くんと一緒に暮らせる病院に派遣されますように、清和くん狙《ねら》いの女性が諦めてくれますように、清和くんが無事でありますように、清和くんが健康で幸せでありますように、眞鍋《まなべ》のみんなも無事でありますように、と氷川は一心不乱に祈り続ける。

清和はすぐに祈り終わり、無言で氷川を待っていた。氷川は吾郎《ごろう》やイワシにもお参りさせたかったが、彼らがどこにいるのかわからない。

氷川は奮発して二万円、猿田彦神社の造営に喜捨した。すると、祈禱《きとう》を受けられるという。

「せっかくお参りしたから」

氷川は清和とともに猿田彦神社の本殿で祈禱を受けた。代表して、玉串《たまぐし》を捧げる。猿田彦神社を出た時、氷川は妙な爽快感《そうかいかん》に包まれていた。

ザー、とどしゃぶりの雨に降られても、天罰だとは思わない。早足で車に乗り込み、内宮《ないくう》へ向かう。

天気がよければ、歩くのもよかったに違いない。

「……あ、清和くん、どうしよう」

ふと氷川は思い当たり、声を上げた。

「どうした?」

「ほら、僕は内宮で祈禱を受けるつもりだったんだ。なのに、猿田彦神社で祈禱を受けちゃった」

「それが?」

「祈禱のはしご、ってしてもいいの?」

氷川の質問に清和が答えられるはずがない。携帯電話で調べようかと思ったが、清水谷学園の医局からの電話が怖くて、電源を入れることができなかった。

瞬《また》く間《ま》に、最大の目的である内宮に到着する。平日で悪天候にも拘《かかわ》らず、参拝客でごったがえしていた。何台もの大型バスから、団体客がぞろぞろと降りてくる。

氷川は内宮の案内所に立ち寄り、祈禱のはしごについて尋ねた。なんの問題もないそうだ。

「よしっ、清和くん、ここが本番だ」

氷川は清和とともに礼儀正しく挨拶をしてから、内宮の玄関である檜造《ひのきづく》りの宇治《うじ》橋を静かに渡った。橋の下に流れる五十鈴川《いすずがわ》は、雨の影響を受けて、危険な水量になっているらしい。

何人もの参拝客が、カメラに向かってポーズを取っている。観光地じゃないから写真はやめたほうがいいよ、と氷川は心の中で注意した。

内宮神域には樹齢五百年を超える杉が並び、まさしく神話の時代の森だ。外宮も広かったが、内宮はさらに広い。

表参道の最奥《さいおう》に天照大御神が祀られている正宮がある。氷川と清和は無言で三十段余りの石段を上がった。

一瞬、氷川は願い事をしかけたが、すんでのところで思《おも》い留《とど》まった。心の底から感謝を伝える。

　正宮の次は伊勢神宮《いせじんぐう》ガイドに記されている通り、いくつもの別宮をお参りした。それから、祈禱だ。氷川と清和は老夫婦と一緒に祈禱を受ける。

「僕たちもあれくらいの年齢になるまで一緒にいられたらいいね」

　氷川が小声で囁《ささや》くと、清和は優しい目で頷《うなず》いた。

　祈禱を終え、内宮を出る。

　次はすぐそばにあるおはらい町に進んだ。土産店《みやげてん》や飲食店がズラリと並び、お祭りに来たような気分になる。

　雨が降っていなければ、最高の気分だっただろう。和歌山の老人たちに聞いたより、屋台が少ない。

「……あ、清和くん、松阪牛の串焼きだって。松阪牛の串焼きはまた今度にしようね」

　やはり、松阪牛には男性が多く引き寄せられるようだ。土産には松阪牛のしぐれ煮やカレーなど、ありとあらゆる松阪牛食品が揃《そろ》っている。

「ああ」

「あ、お土産に伊勢うどんがいいかな？　伊勢海老味噌汁もいいかな？　……あ、もうお昼だね？　お腹《なか》空いた？」

　贅沢《ぜいたく》な朝食をたっぷり食べたから、氷川はまだ満腹だが、若い男はそういうわけにはいかない。氷川は食欲旺盛《しょくよくおうせい》な清和を知っている。

「ああ」

思った通り、清和はすでに空腹のようだ。

氷川は和歌山の老人たちに勧められた老舗《しにせ》の郷土料理店に入った。囲炉裏《いろり》を大家族で囲んでいた古きよき時代にタイムスリップしたような錯覚に陥《おちい》る。

「清和くん、風情があるね」

「ああ」

氷川と清和はそれぞれ名物料理を食べ、一息ついた。

昼食の後は伊勢のお約束と位置づけられた赤福《あかふく》の本店に進む。五十鈴川を眺めつつ、食べる赤福餅《あかふくもち》は最高に美味しい。

「清和くん、あんことお餅なのにすごく美味しいね」

「ああ」

「やっぱり、駅で売っている赤福とは違う気がする。作りたてだからかな」

赤福を土産にしようかと考えたが、賞味期限を考えてやめた。氷川は伊勢だけでなく三重《みえ》名物を集めた店で、眞鍋組の男たちや京介《きょうすけ》、関係者たちに土産を買い込んだ。荷物持ちは強靱《きょうじん》な肉体を持つ清和だ。

「清和くん、あおさやワカメも買っておくね。お味噌汁に入れるから」

これからも清和くんの食事を作るのは僕だよ、という願いを込め、味噌汁の具を大量に購入する。

「ああ」

「……あ、せっかくだから伊勢茶も買っておこう。参宮《さんぐう》あわびも買っておこう」

「ああ」

「伊勢名物のへんば餅も買おう。賞味期限が短いから、僕と清和くん用かな」

美味《うま》かった、と和歌山の老人たちが口を揃えた伊勢名物だ。

「ああ」

「伊勢名物の利休饅頭《りきゅうまんじゅう》だって。伊勢名物なら買っておこう」

レトロな和菓子店に貼《は》られた伊勢名物というビラに、氷川の視線が吸い寄せられる。

「ああ」

「……あれ？　利休饅頭って伊勢名物だっけ？　僕は同僚からのお土産で何度も利休饅頭を食べたような気がする」

氷川が利休饅頭に戸惑っていると、清和はスマートフォンで調べだした。利休饅頭はよくあるようだが、この店のものは独自のものらしい。

「清和くん、ありがとう、調べてくれて」

氷川と清和はお祭りにはしゃぐ子供のように、おはらい町をうろうろした。おかげ横丁も隅から隅まで歩く。

「清和くん、僕を狙う危険な人はいない？」

「ああ」

櫛橋組長が花音を諭《さと》したのか、氷川のポケットに覚醒剤を入れようと近づく男はひとりも現れない。清和の身に纏《まと》う雰囲気から、それらしい人物がひとりもいないことを感じる。ヒットマンも隠れていないらしい。

花音さん、清和くんを諦めてくれたのかな、お父さんが頑張ってくれたのかな、と氷川はほっと胸を撫《な》で下《お》ろした。

清和は左手で傘を持ち、右手に氷川が買い込んだ土産を持つ。氷川が手にしているのは傘だけだ。

氷川と清和、妙な組み合わせと荷物の差が人目を引いた。

「あのおとなしそうなお兄ちゃんと大きくて怖そうなお兄ちゃんはどういう関係なんやろ？」

「友達ちゃうな？」

「上司と部下なんかな？」

「あんな怖い部下、チビってまうで」

氷川と清和は周囲のヒソヒソ話は気にも留めず、伊勢の魅力を凝縮したような空間を堪能した。

無情の雨はますます激しくなる。

「清和くん、そろそろ車に戻ろうか」

このままだとせっかく購入した土産もびしょ濡《ぬ》れだ。氷川と清和は早足で、車を駐《と》めた駐車場に向かった。

伊勢えび茶漬けや伊勢海老パイに後ろ髪が引かれたが、立ち止まったりはしない。揚げたての煎餅《せんべい》も通り過ぎた。

やっとの思いで車に着き、買い込んだ土産を入れる。氷川が先に助手席に乗り込み、清和が運転席のドアを開けた。

その瞬間、清和が人相の悪い男たちに囲まれる。

ヤクザだ、と氷川は一目でわかった。

「清和くんに何をするの」

氷川は助手席から飛び降りて、ヤクザたちの前に立つ。ザーッと降りしきる雨は一段と激しくなった。

「待っていろ」

清和はなんでもないことのように言ったが、氷川は鬼のような形相《ぎょうそう》で追い縋った。

「いや、清和くんはどこにもやらない。君たち、警察を呼びますよっ」

氷川の金切り声が雨音に掻《か》き消《け》されることはなかった。清和をぐるりと囲んでいた暴力団関係者がいっせいに笑いだす。

「あ〜、顔に似合わず、威勢のいい兄ちゃんだな」

目元に大きな傷のある頑強な男が、声を立てて笑いながら氷川に一歩近づいた。凄《すさ》まじい迫力だ。

「何がそんなに楽しいんですか。うちの清和くんをどこに連れていく気ですか？」

「清和くん？　清和くんと呼ばれているのか。指定暴力団・眞鍋組の組長も可愛《かわい》く呼ばれているんだな」

清和くんは警察に連れていく、と目元に大きな傷のある頑強な男が警察手帳を見せながら言う。

一瞬、氷川は自分の目がおかしくなったのかと思った。目を擦《こす》り、再度、警察手帳を確かめるように眺める。

「……警察？　ヤクザでしょう？」

氷川が射るような目で睨《にら》み据《す》えると、清和を取り囲んでいる大男たちから爆笑が起こった。ぶはーっ、と豪快に噴《ふ》きだしたのは、清和の腕を摑《つか》んでいるプロレスラーのような男だ。

「ヤクザじゃない。警察だ」

よく見てくれ、と警察手帳をつきつけられるが、氷川は目を据わらせた。警察手帳なんていくらでも偽造できる。

「信じられない。僕の清和くんを放して」

「どうしたら警察だって信じてくれるかな？」

「そんな嘘《うそ》に騙《だま》されるわけないでしょう」

氷川がヒステリックに叫ぶと、清和が静かな声音で口を開いた。

「ヤクザじゃない。警察だ」

清和の言葉に対し、周りの人相の悪い男たちはコクコクと頷く。どこからどう見ても、彼らは暴力団関係者にしか見えない。

「……清和くん？　清和くんまで僕を騙そうとしているの？」

「嘘じゃない。風邪をひくから車の中に入れ」

清和は雨に打たれる氷川の身体《からだ》しか心配していない。そして、さして表情も変えず、屈強な男たちに連行された。

あっという間に、清和はパトカーに乗せられてしまう。

「……い、いやーっ」

氷川は真っ青な顔で清和を乗せたパトカーを追いかける。横殴りの雨はますます激しくなり、突風が氷川の行く手を阻《はば》んだ。

「……あっ」

どこからともなく、飛んできた空き缶に足を取られ、大きな水溜《みずた》まりで転倒してしまう。バシャン、と顔から水溜まりに突っ込んだ。

清和が隣にいたならば、大きな手で支えられていただろう。愛しい男はパトカーに押し込まれてしまった。

「清和くんーっ」

氷川は水溜まりの中で立ち上がり、走り去ったパトカーを追おうとした。

が、どこからともなく現れたイワシに止められる。

「姐《あね》さん、すみません。俺のミスです」

イワシは悲痛な面持ちで詫びたが、氷川はパトカーに押し込まれた清和のことしか考えられない。

「……イワシくん、清和くんが……清和くんを助けなきゃ……」

「二代目は必ず助けます。姐さんはひとまず旅館に行ってください」

イワシは自分の着ていた上着を氷川の身体に羽織《はお》らせた。氷川の全身はびしょ濡れだ。

「何を言っているの。これから警察に殴り込むよ」

氷川は真摯《しんし》に言い放ったが、イワシは惚《とぼ》けた顔で聞き返した。

「……は？」

「清和くんを逮捕する警察なんて、ひとつやふたつ、なくなってもいいよね」

氷川にとって正義は愛しい男だ。今や警察は無能な悪の集団としか思えない。完全にどこかのネジが数本、外れていた。

「何を考えているんですか。頼みますから落ち着いてください」

イワシに肩を揺さぶられたが、氷川の決意は変わらない。

「イワシくん、邪魔しないで。清和くんが警察官にいじめられる」

氷川はイワシを振り切り、タクシー乗り場に向かって歩きだす。タクシー運転手を脅してでも、警察に突っ込むつもりだった。

「サツの狙いは眞鍋じゃないから平気です」

「清和くんを連れていった。厳しい取り調べで清和くんにありもしない罪を被《かぶ》せるんだ」

「二代目は取り調べに音を上げるようなタマじゃねぇ……っと、今回の原因は楠橋花音です」

埒《らち》が明かないと悟ったのか、イワシは土色の顔で明かした。

「……え？　花音さん？　二代目姐の座を狙っている花音さん？　おかしいでしょう？花音さんが邪魔なのは僕だよ。清和くんを逮捕させてどうするの？」

氷川を二代目姐の座から引《ひ》き摺《ず》り下《お》ろすため、罠《わな》を仕掛けていたのは花音だ。矛先が清和に向けられるはずがない。

「櫛橋組長に怒られて、花音さんはブチ切れたそうです。家を出たとか」

俺が甘かった、俺がもっと上手く護衛していたなら二代目が手を出す必要はなかった、とイワシは痛恨のミスを悔やむ。

「どういうこと？」

「昨日、二代目が二見《ふたみ》プラザで腕の骨を折った男がいたでしょう。そいつ、カタギで林《はやし》田誠《だまこと》っていいますが、サツに被害届を出したんです」

昨日、清和は中肉中背の観光客の腕を捻《ひね》り上《あ》げて骨折させた。あれはあの男が氷川のポケットに覚醒剤《かくせいざい》を忍び込ませようとしていたからだ。

「……な、なんで？」

氷川は釈然とせず、瞬《まばた》きを繰り返した。

「まだ花音さんから連絡はありませんが、そのうち、祐《たすく》さんか橘高《きったか》のオヤジのところに連絡が入ると思います。それまで待ってください」

「……わ、わけがわからない」

「被害届を取り下げてほしかったら姐さんと別れろとでも、花音さんは言うんじゃないでしょうか」

「……え？　……ど、どうして……どうして……ああ、もう、花音さんはどこにいるの？　東京……ううん、ひょっとして伊勢に来ているのかな？」

氷川がイワシの襟首を摑んだ時、聞き覚えのある声が雨音に混じって聞こえてきた。

「姐さん、櫛橋花音のところにお連れします。車に乗ってください」

護衛についていたのか、ついていなかったのか、いつから伊勢にいたのか、定かではないが、突然、目の前に現れたのは、観光客に扮《ふん》したサメだ。

遅い、とイワシは非難の目をサメに向ける。

「サメくん、僕が話をつける」

サメがいれば心強い。

「かしこまりました。車に乗ってください」

サメの言葉を信じて、氷川は清和が運転していたメルセデス・ベンツに乗り込んだ。清和に運ばせた多くの土産が車内に積まれているのが無性に切ない。内宮で祈禱の後にもらったお札が虚《むな》しい。まだ清和に内宮で買ったお守りを持たせていない。

「サメくん、伊勢参りの後に清和くんが連行されるなんて……天罰じゃないよね？」

清和を罰するなら自分を罰してほしい。大切な男の分までいくらでも苦しむ。氷川は内宮でもらったお札を紙袋ごと抱き締めた。

「姐さん、おかしな方向に走らないでください」

「これが猿田彦の道開きじゃないよね？」

「猿田彦神社の造営への喜捨を取り返すことは無理だと思います」

さすがというか、当然というか、諜報部隊《ちょうほうぶたい》を率いるサメは、氷川が猿田彦神社に張り込んだことを知っている。

「誰もそんなことは考えていない。考えていないけど……これはどういうこと？　どうして清和くんがこんな目に……花音さんはどうして……邪魔なのは僕でしょう。僕を狙えばいいのに……僕を逮捕させればいいのに……」

氷川の目から大粒の涙がポロポロと溢《あふ》れた。

「イワシと吾郎が二代目と姐さんを狙う奴《やつ》らを全部排除していたら、二代目がわざわざ相手をすることもなかった。林田誠の一件は完全な取りこぼしです。イワシと吾郎が指を詰めようとしたら止めてください。姐さんしか止められません」

なんの前触れもなく、サメは予想だにしていなかった言葉を発した。氷川は涙を溜めた目を大きく見開いた。

「イワシくんと吾郎くんが指を詰める必要はないのに」

誰もイワシと吾郎に指詰めを強要したりはしないだろう。もし、そんな不届きな者がいれば、氷川がなんとしてでも説得する。

「じゃあ、もう泣かないでください。姐さんに泣かれるとイワシと吾郎は辛《つら》い」

サメはハンドルを左に切りつつ、飄々《ひょうひょう》とした調子で言った。

氷川が悲嘆に暮れたら、イワシと吾郎は自分を責めるだろう。そういう男たちだと、氷川も知っている。

「……そうだね。泣いてもどうにもならないよね」

氷川は必死になって涙を堪《こら》えようとした。

「はい、姐さんが泣いて目を腫《は》らして喜ぶのはメギツネだけです」

氷川は運転席にいるサメの口調に妙な違和感を抱く。

「サメくんがオカマじゃないの久しぶりだね」

氷川が真顔で言った途端、サメはハンドルを手にしたまま前のめりになった。危いところで前方の車に追突することは免《まぬか》れる。

「……姐さん、今、ここでそんなことを言いますか」

「うん、ヘリの中ではオカマだった」

「二代目の無茶ぶりには性別を忘れる。……いや、性別を忘れなきゃ、二代目の無茶ぶりにはつき合えない」

ああ、いい機会だ、二代目もサツに絞られてきやがれ、とサメが憎々しげに言い放ったので、氷川は真っ赤な顔で怒鳴《どな》った。

「サメくん、ひどいーっ」

たとえ、冗談でも許せない。

「二代目のほうがひどい。さらにひどいのは姐さんだ」

サメがきっぱりと言った時、氷川を乗せたメルセデス・ベンツは停《と》まった。今夜、宿泊予定の旅館だ。

「サメくん、ここに花音さんがいるの？」

「はい。櫛橋花音と対決する前に身なりを整えてください。櫛橋組のお嬢様はいろいろとうるさい」

今の姐さんはどこからどう見ても不審者です、とサメは冷静に続けた。イワシが荷物を持ち、旅館に入っていく。

氷川はサメに促され、宿泊する旅館へ入った。

そして、部屋についている露天風呂で身体を温めた。もっとも、清和を思えば心は冷えたままだったが。

氷川は露天風呂から上がって、身なりを整える。用意されている浴衣《ゆかた》に、袖《そで》を通したりはしない。

「……あれ？　ショウくん？　卓《すぐる》くんや宇治《うじ》くんも？」

氷川はサメの隣にいるショウや卓、宇治に目を瞠った。イカやえびの揚げはんぺいなど、テーブルには食べかけの伊勢名物が並んでいる。

「姐さん、魔女が怖いっス」

ショウの第一声に氷川はのけぞった。

「まさか、祐くんが怖くて伊勢まで逃げてきたの？」

氷川の爆弾発言に、眞鍋が誇る若き精鋭たちは顔色を失った。

「魔女が怖いからって伊勢に逃げたらもっと怖いことになるっス。昨日、二見での報告を受けた時点で魔女は二代目がサツにしょっぴかれることを予想していたみたいっス」

ショウはぶるぶる震えながら、伊勢名物のさめのたれに手を伸ばす。間髪《かんはつ》容《い》れず、顔面蒼白《そうはく》の卓が説明を重ねた。

「祐さんのイワシと吾郎への罵《のの》り方《かた》がすごかった。櫛橋組長にヒットマンを送り返したイワシは呪《のろ》い殺《ころ》されるかと思った」

俺はイワシがこんなに使えない奴だと知らなかった、とイワシの上司に当たるサメは他人事《ひとごと》のように言ってから、万延《まんえん》元年創業の老舗菓子店の献上菓子だという絲印《いといん》煎餅を口に放り込む。

「どういうこと？　僕にちゃんとわかるように説明してほしい」

氷川が切羽詰まった顔で言うと、卓は大きな溜め息をついた。

「二代目がやっちまった林田誠はカタギです。借金まみれですが、花音さんや櫛橋組とは直接関係ない。姐さんを狙ったのはサツに話を持ちかけられたからです。そのサツは花音さんが顎《あご》で使っている宝田《たからだ》っていう構成員に買収されています」

林田誠と関係があるのは宝田が買収した警察官だという。花音・宝田・買収された警察官・林田誠と、氷川は頭の中で人間関係を整理した。

「うん、それで？」

「二代目がカタギに暴力を振るったらヤバい。それも骨折させた」

姐さんを狙われたから手加減できなかったのかな、と卓の隣でショウが清和を庇《かば》っている。

「……あれは……僕のポケットに覚醒剤を入れようとしたから……」

「林田誠はそんなことは一言も言いません。当然、買収されたサツも真実は明かしません。いきなりヤクザに暴力を振るわれた、で通しています」

林田誠と警察官の証言があれば、指定暴力団・眞鍋組の組長が何をどう言っても無駄だろう。いや、清和の性格からして、櫛橋組に飛び火しそうなことは一言も漏らさないはずだ。氷川の背筋が凍りついた。

「……そんな」

「姐さん、泣かないでください。つい先ほど、花音さんが顎で使っている宝田から祐さんに連絡が入ったそうです」

氷川の入浴中に事態は動いていた。

「その宝田さんはなんて言っているの？」

「花音さんは今回のことは何も関わっていないし、何も知らないそうです。宝田も林田誠が被害届を出したことを知らなかったそうです」

白々しい大嘘をつきやがって、と卓は腹立たしそうに続けた。ボリボリボリッ、とショウは苦虫を嚙《か》み潰《つぶ》すような顔で伊勢えびあられを嚙《か》み砕《くだ》く。

「……え？」

宝田は電話で祐に言ったそうだ。『お力になりますよ。ちょっとしたツテがありますから、林田誠ならば説得できると思います』と。

ここで宝田の話に乗ったら、清和の姐に花音を無理やり推されると、祐は踏んでいた。みすみす花音の浅はかなシナリオ通りに動いたりはしない。

『宝田さん、ご心配には及びません。すでに手は打っています』

『祐さん、どんな手を打ったんだ？』

『二代目が東京に帰ってきたらメシでも食いましょう。その時にゆっくりお話ししますよ』

祐は宝田と話し終えた瞬間、部屋を凍《い》てつく氷の世界にしたという。武闘派の構成員が恐怖で卒倒したらしい。

宝田さんも花音さんも馬鹿《ばか》だ、と卓は口惜《くちお》しそうに零《こぼ》している。

「……その宝田さんの話を蹴《け》って、祐くんは清和くんを助けられるの？　どんな手を打っているの？」

宝田を介して花音と交渉したほうがいいのではないか、と氷川は思ってしまう。一刻も早く清和を救いだしたいから。

「臭いメシを食って反省しろ、と祐さんは怒鳴ったそうです」

卓が辛そうにこめかみを揉《も》むと、サメは神代餅《かみよもち》を咥《くわ》えてコクリと頷く。ショウと宇治は樹海に迷い込んだような顔で伊勢かまぼこをむしゃむしゃと食べた。

「……え？　祐くんは清和くんを見捨てる気？」

祐はクセがありすぎる策士だが、清和に忠誠を誓っていた。氷川は奈落に突き落とされたような気がする。

「見捨てたりはしません。手は打っています」

「どんな？」

氷川が勢い込んだ時、携帯電話の着信音が鳴り響いた。覚えのない電話番号だが、無視せずに応対した。

「もしもし？」

『氷川諒一《りょういち》さんですか？』

携帯電話からやけに可愛らしい女性の声が聞こえてくる。彼女だ、と氷川はすぐに確信を持った。

「そうです」

『櫛橋花音です。覚えているかしら？』

案の定、清和を手に入れるために手段を選ばないライバルだ。祐が狙い通りに動かず、焦《じ》れたのかもしれない。

「花音さん、覚えています」

『ふたりきりでお話がしたいの』

追い詰められているのか、最初からそのつもりだったのか、判断できないが、花音は直接対決を挑んできた。

氷川に逃げる気はさらさらない。

「僕は今、伊勢にいます」

知っていると思うけど、と氷川は心の中で皮肉たっぷりに続けた。君がこんなに馬鹿な女性だったと知らなかった、とも。

『偶然ね。私も伊勢よ』

氷川は花音と待ち合わせ場所と時間を決めてから電話を切った。ショウや卓、宇治には食い入るように見られているが、サメはのほほんと伊勢の銘酒を染《し》み込《こ》ませた酒ケーキを食べている。

「姐さん、花音さんはなんて？」

卓に真剣な顔で尋ねられ、氷川は携帯電話を握ったまま答えた。

「ふたりきりで話し合いたいって」

「罠です」

卓が険しい顔つきで断言すると、ショウや宇治も同意するように頷いた。祐の予想が当たった、とサメは口元を緩める。

「わかっている」

氷川も花音の呼びだしが罠であることぐらい承知している。

「罠とわかっているのに行く気ですか？」

「一刻も早く清和くんを助けたいから」

氷川は早口で言うや否やドアに向かって歩きだした。花音に指定された場所まで、タクシーでどれくらいかかるのか、土地勘のない氷川はまったく予測できない。こんなところで時間を費やしている間はないのだ。

「姐さんに動いてほしくありません……って、どこに行くんですか？」

卓は言わずもがなショウや宇治も血相を変えて、鉄砲玉《てっぽうだま》と化した氷川を止めた。

「待ち合わせ場所に行く。遅れるわけにはいかない」

氷川は足止めを食らったドアの前で仁王立《におうだ》ちになる。花音に対する憤《いきどお》りでおかしくなりそうだ。

「姐さん、花音さんに言われた通り、ひとりで行く気ですか？」

自爆するようなものだと、卓の目は非難している。ショウや宇治の顔は人外の生き物のように崩れていた。サメはチーズかまぼこのささった棒を咥えて、スマートフォンを操作している。

「たぶん、花音さんはひとりじゃないと思う。花音さんたちに気づかれないように僕についてきて。危なくなったら助けてね」

氷川が灼熱《しゃくねつ》のマグマに似た闘志を燃え上がらせると、眞鍋組の精鋭たちは地球滅亡に瀕《ひん》したような雄叫《おたけ》びを上げた。

けれど、誰も止めようとはしなかった。花音を納得させない限り、埒が明かないとわかっているからだろう。何より、京子《きょうこ》の怨念《おんねん》じみた復讐《ふくしゅう》戦争の二の舞は避けたいからだ。

氷川は卓やショウと作戦を練ってから、ひとりで旅館を後にした。すでに和の情緒たっぷりの伊勢は、夜の帳《とばり》に包まれている。

どこに花音の関係者の目が光っているかわからない。氷川はひとりで駅前のタクシー乗り場からタクシーに乗り込む。

タクシーの運転手に行き先を告げ、氷川は車窓の向こう側に意識を向けた。学習塾や予備校が目につくのは気のせいだろうか。

氷川が脳裏に愛しい男を浮かべた時、携帯電話の着信音が鳴った。花音からだ。待ち合わせ場所の変更である。

氷川も待ち合わせ場所や時間の変更があるかと予想していたので戸惑わない。花音に承諾してから卓に伝える。

『姐さん、気をつけてください。花音さんが使っている宝田は凶暴なヤクザです。ただ、花音さんには従順です』

昔、宝田が取り返しのつかない失態を招き、櫛橋組長から破門されそうになった。必死に庇ったのが、櫛橋組長に溺愛《できあい》されていた花音だという。それ以来、宝田は花音の忠実な犬と化しているそうだ。

氷川は一言詫びてから、タクシーの運転手に行き先変更を告げた。

「かしこまりました」

純朴そうな運転手は、優しい声音で了承してくれる。ハンドルを左に切り、交差点を曲がった。

つい先ほどまでバックミラーに映っていたショウの大型バイクが見えなくなる。運転手は細い道に進み、右折と左折を繰り返した。

「事故があったみたいです。道を変えますね」

運転手が猫撫で声で言った時、突然、氷川は凄絶《せいぜつ》な睡魔に襲われた。

「……んっ？」

「お疲れですか？　寝ててください」

いつしか、運転手は特製のマスクを着用している。タクシー内に流れている霧は睡眠ガスのようだ。

「……あ……運転手さん？　……ま、まさか……？」

タクシーの運転手が花音の関係者だったのか、買収されたのか、思考回路が作動したのはそこまでだった。

氷川は座っていられなくて、後部座席に力なく倒れた。


誰かに抱き上げられ、運ばれている。頼もしくて優しい清和の腕ではない。どこかの誰かがヒステリックに怒鳴りたてている。

「私の言う通りにすればいいの。私の言う通りにしてっ」

「花音お嬢さん、こういう手は使わないほうがいいと思いますが……」

「宝田さん、ここまできて何を言っているのよ。氷川諒一さえいなくなれば私が清和さんの妻よ。清和さんだって私のことを愛しているもの」

花音と宝田という名前、櫛橋組長の娘と構成員だ、と氷川は意識を取り戻した。もっとも、未《いま》だに朦朧《もうろう》として、視界は白くぼやけている。

いや、黒いのか。暗いのか。

自分がいったいどこにいるのか、氷川はわからない。ただ、荷物のように湿った地面に放り投げられた。

土の匂《にお》いがする。手に触れているのは土か。頬に感じるのは草か。あの音は川が流れる音ではないのか。顔にポツポツ落ちるのは雨粒ではないのか。

氷川が全身の力を込めて上体を起こそうとした。

けれども、力がまったく入らず、すぐに背中から倒れてしまう。ただ、自分がどこにいるかわかった。河原、たぶん五十鈴川の近くだ。

「……あら？　氷川諒一先生、お目覚め？」

覗《のぞ》き込《こ》んできたのは、薄手のコートを羽織った花音だった。背後には屈強な男たちが何人も並んでいる。

「……花音さん？」

氷川が掠《かす》れた声を発すると、花音の可愛い顔が夜叉《やしゃ》と化した。

「よくも私と清和さんの邪魔をしてくれたわね。昔から、父親同士で私と清和さんの結婚は決まっていたのよ。なのに、あなたが邪魔をしたの」

「……違う」

氷川が否定した瞬間、パシンッ、という音が頬で鳴った。花音の小さな手に頬を平手打ちされたのだ。

痛い、と氷川は痛がる余裕もなかった。

「何が違うのよ。あなたは子供の頃の清和さんを助けてあげたんですって？　清和さんは恩を感じてあなたにつき合っているだけよ」

花音の言葉が鋭利な矢となって、氷川の心に突き刺さった。

なんの反論もできない。

清和が昔気質《むかしかたぎ》の極道の薫陶を受け、義理と仁義を重んじることは知っている。

「あなたがいなかったら清和さんは殺されていたって聞いたわ。清和さんは命の恩人には逆らえないって」

過去と現在が氷川の視界でぼんやりと交錯する。

「いい加減、清和さんを自由にしてあげて」

花音のヒステリックな声に涙が混じった。大粒の涙をポロポロ零し、身体を小刻みに震わせている。

氷川は自分に対する花音の凄絶な憎悪と嫉妬《しっと》を感じた。

「清和さんは幸せになってもいいはずよ。私が幸せにしてあげるわ。私が清和さんと結婚して、温かい家庭を作る。子供も産む。あなたに清和さんの子供は産めないでしょうっ」

どんなに医学が発達しても、氷川に清和の血を引く子供は産めない。氷川の精神が粉々に砕け散った。

「清和さんは恩人のあなたを捨てられないの。だから、別れることができないの。でも、誰もが納得できる理由があればあなたと別れられるわ」

花音は背後に控えていた屈強な男たちに向かって顎をしゃくった。可憐《かれん》な女性だが、父親の血をちゃんと受け継いでいる。

「あなたが何人もの男と遊んだら、清和さんは堂々とあなたと別れられるわ。伊勢神宮のお膝元《ひざもと》で乱交なんて、ズルいあなたらしくて素敵《すてき》でしょう」

花音は勝ち誇ったように声を立てて笑った。

氷川の身体を屈強な男たちが取り囲み、値踏みするように眺めている。まるで視姦《しかん》されているような気分だ。

「眞鍋組の構成員が来ると思って抵抗しても無駄よ。旅館を出る前から見張っていたの。あなたの護衛はみんな、救急車で病院よ」

見えるかしら、と花音は勝ち誇ったように、タブレットのモニター画面を見せた。ショウが乗っていた大型バイクがダンプカーに追突される写真、血まみれのショウが救急車で運ばれる写真、卓や宇治の乗っていた車に火炎瓶《かえんびん》が投げられる写真、卓が車を壁にぶつけている写真、負傷した卓と宇治が覆面の男に袋叩《ふくろだた》きにされている写真、吾郎が路地裏で倒れている写真やイワシがどこかの男子トイレで血を流している写真もある。サメまで外宮に続く参道の前で気絶していた。みんな、伊勢にいた氷川の護衛だ。

絶体絶命、氷川から血の気が引いた。

「たくさんの男に弄《もてあそ》ばれたあなたは、清和さんに捨てられるのよ」

やれ、とばかりに花音は屈強な男たちに手を振った。好色そうな男の手が伸びてきたが、氷川は命懸けで身体を捻る。

花音に向かって嗄《か》れた声で尋ねた。

「……なぜ、林田誠に被害届を出させたのですか？　君の大事な清和くんは警察ですよ？」

「清和さんはあなたから離れないもの。あなたから清和さんを引き離したかったのよ」

「祐くんは林田誠が花音さんの命令で被害届を出したと知っていますよ。たとえ、僕が捨てられても、花音さんは二代目姐になるのは難しいと思う」

「そんなの、ずっと黙っていればいいのよ。どうとでもなるわ。第一、私が清和さんを助けてあげるもの」

あなたの乱交を撮影したら林田誠に被害届を下げさせるから安心して。私が清和さんを警察まで迎えに行くわ、と花音は勝利宣言にも似た笑い声を立てた。

氷川から見たら花音のシナリオは穴だらけだ。しかし、恋に目が眩《くら》んだ女性らしいのかもしれない。また、父親同士の関係も花音の暴挙を後押ししているのだ。

「清和くんが好きならそんな汚い手は使わないほうがいい。嫌われるだけです」

「偉そうに、あなたに何がわかるっていうの？」

「花音さん、君がしたことは警察に清和くんを売ったことに等しい。極道では最大のタブーです」

「清和さんを昔の恩で捕まえたくせに生意気よ。あなたなんかボロボロになればいいっ」

バシッ、と花音は泣きながら氷川の頬を殴った。それから、周りにいる男たちに夜叉の顔で言い放った。

「三十歳のオヤジだけどまだ綺麗《きれい》よ」

強姦《ごうかん》しろ、という花音の命令に周囲の男たちは飛びかかった。地面に横たわっている氷川の細い身体に。

「……やっ」

氷川は下肢を開こうとする大きな手を振り払おうとしたが、胸を押さえつける手に阻まれる。

「いいね、いいね、主演がすぐに脚を開いたら面白くない。暴れてくれ。陵辱物はこうでなくっちゃ」

バンダナを巻いた男は、カメラを回していた。ＡＶの主人公は大勢の男たちに群がられた氷川だ。

「うっ……」

氷川は強引に口を開けさせられ、男の欲望を捻《ね》じ込《こ》まれそうになった。彼は名古屋《なごや》の喫茶店でぶつかりそうになった男だ。

「名古屋で見た時からしゃぶらせたかったんだ」

男の欲情まみれの目や声に、氷川は全身の血が逆流したかと思った。唇に男の象徴が近づく。

嚙み切ってやる。絶対に嚙み切ってやる。

氷川が全身全霊かけて力んだ時、カメラを抱えていた男の注意が飛んだ。

「おいおいおいおい、まだ主演は屈服していない。バキュームフェラなんかしねぇぞ。嚙まれるのが落ちだ」

「それもそうだな。ケツにぶち込んでからヤるか」

何本もの手が氷川の下半身を押さえつける。誰かの手が氷川のズボンのベルトを外し、乱暴に引き抜いた。

「いちいち脱がすの面倒くせぇ」

名古屋のテレビ塔で見かけた男が、短刀で氷川のズボンを切り裂いた。煽《あお》るように下着も切り裂く。

誰かが持っていた懐中電灯で氷川の下肢が照らされた。

「細いな。男に見えないが男なんだな」

「真っ白だな。綺麗だ」

「三十オヤジでも売り物になるぜ。元眞鍋組の姐ならいい値で売れる」

氷川の左足が名古屋のテレビ塔で見かけた男に引っ張られ、右足が喫茶店で会った男に引っ張られる。

何人もの男の欲望が氷川の身体の奥に集中した。

「我慢できねぇ」

「俺もだ」

男の象徴が氷川の最奥に接近した時、バイクの凄まじいエンジン音が響き渡った。

その瞬間、氷川の左足を拘束していた男が血を吐《は》いて倒れる。氷川の右足を摑んでいた男も白目を剝《む》いて失神した。

「やってくれたな」

黒装束に身を包んだサメが、不敵な笑みを浮かべている。突然、風のように現れたサメに、氷川を取り囲んでいた男たちは浮き足立った。

「……な、なんだ？」

凄まじいエンジン音が鳴るや否や、カメラを回していた男に、黒い大型バイクが突っ込む。

「この野郎、よくもやりやがったな」

黒い大型バイクから飛び降りたのは、包帯だらけのショウだ。悪鬼の如《ごと》き形相で、花音の関係者を殴り飛ばした。

怒髪天《どはつてん》を衝《つ》いた卓と宇治も、氷川を取り囲んでいた男たちに襲いかかる。眞鍋の男は誰もがひどい怪我《けが》を負っていた。

ふわり、とサメによって氷川は上着を羽織らされる。すみません、とサメから風に消え入りそうな声で謝罪があった。

「姐さんにこんなことをして命はないと思え」

宇治の背中からは血が滲《にじ》んでいるが、屈強な男を圧倒的な強さで倒していく。

「……な、何をやっているのよーっ」

花音が金切り声で叫んだ途端、物凄《ものすご》い勢いで走ってきた車が停まった。降りてきたのは、地味な色のスーツに身を包んだ祐だ。

「花音さん、眞鍋組の二代目姐候補と考えていたあなたがこれほど愚かだったとは知りませんでした」

祐はどこか哀《あわ》れむような目で花音を見下ろした。

「……た、祐さん？　どうしてこんなところに？」

「俺が何も知らないと思っているのですか？　眞鍋もナメられたものですね？」

「……わ、私は清和さんのためを思ってやったのよ。清和さんを昔の義理で縛りつけている愛人を成敗しようとしただけよ。男の姐なんて話にならないわ」

祐さんならわかってくれるわよね、と花音は潤《うる》んだ目でスマートな策士に詰め寄った。

「いい男を自分のものにすることが女の戦争です。眞鍋の二代目を奪う戦争があってもいい。戦争に勝った女が二代目姐です」

ただサツを関《はん》わ《ば》らせてはいけません、と祐は静かに凄んだ。なまじ顔立ちが整っているだけに迫力が半端ではない。

花音は初めて見る祐に息を呑む。

「花音さん、あなたの反則負けです。櫛橋組長の顔に免じて見逃しますから引きなさい」

「……祐さん、あなたまで何を言っているのよ。こんなオカマの姐はいらないでしょう。邪魔でしょう。私が邪魔なオカマを追い払ってあげようとしたのよ」

「氷川諒一、我らが二代目の心は常に変わらず氷川諒一にあるのです。花音さんなら二代目の心を射止めてくれるかと期待しましたが、今でも二代目の心は氷川諒一にあります」

俺も眞鍋も二代目の心は変えられない、と祐は地面で転がっている花音の関係者を眺めて言い放った。それぞれ、無様な姿を晒《さら》している。人数ならば花音の関係者のほうが三倍はいるというのに。

「……い、いやーっ」

花音の絶叫は五十鈴川のせせらぎに吸い込まれていった。後の始末は眞鍋組と榊橋組がつける。花音のみならず氷川も口を挟むことはできない。

氷川はサメに抱き上げられ、暖かなメルセデス・ベンツに運ばれた。

ショウにしろ、卓にしろ、宇治にしろ、血まみれだ。けれども、みんな、氷川に詫び続けた。

そんなに謝らないでいいよ、と氷川は口にしたいが言えない。心身ともに極度の疲労で意識を保てなくなった。

それでも、薄れゆく意識の中、もつれる舌を懸命に動かした。早く清和くんを助けてあげて、と。

8

氷川《ひかわ》が目覚めると、見覚えのある部屋で寝ていた。伊勢《いせ》で泊まっている旅館の一室だ。傍《かたわ》らには眞鍋《まなべ》組の若手構成員から『魔女』と恐れられている参謀がいる。伊勢名物が積み上げられたテーブルには、ネクタイを緩《ゆる》めたサメがいた。

五十鈴川《いすずがわ》の河原で何があったのか、氷川は瞬時に思いだした。あれは夢ではなく、紛《まぎ》れもない現実だ。

「姐《あね》さん、気づかれましたか」

祐《たすく》の言葉を遮《さえぎ》るように氷川は掠《かす》れた声で言った。

「清和《せいわ》くんは？」

花音を説得して、清和に対する被害届を下げさせたのか。氷川は腫《は》れた目で祐を真《ま》っ直《す》ぐに見つめた。

ふぅ～っと、祐はわざとらしい溜《た》め息《いき》をつく。

「そんなに二代目に惚《ほ》れているなら、どうして和歌山《わかやま》の山奥からさっさと帰ってこなかったんですか」

祐はこの期《ご》に及《およ》んで何を言っているのだろう。

「……まだ言うの？」

根に持たれたとわかっているが、ここで詫《わ》びる気は毛頭ない。

「姐さんがいつも二代目のそばにいたら、花音さんも初恋は実らないものと諦《あきら》めたかもしれない」

花音の初恋は清和だと、祐はサラリと明かした。

「花音さんは祐くんが煽《あお》らなかったらここまでしなかったと思う」

氷川は祐の罪を指摘したものの、すぐに話題を変えた。いや、引き戻した。

「……で、清和くんは？」

氷川は気怠《けだる》い身体《からだ》に鞭《むち》を打ち、布団から立ち上がった。グラリ、とよろめくが、祐が瞬時に支える。

彼は憎まれ口を叩《たた》いているが、氷川をみすみす倒れさせたりはしない。

「サツが動いたのは眞鍋の情報が欲しいからです」

祐はなんでもないことのように、氷川が知らなかった今回の裏を明かした。

「眞鍋の情報？」

「二代目が破門した構成員が名古屋《なごや》で詐欺絡《さぎがら》みの殺人事件を起こしたらしい。サツは無能なので、なんの手がかりも摑《つか》めないんですよ」

祐の口ぶりから眞鍋組の元構成員に対する並々ならぬ憤《いきどお》りを感じる。しっとりとした趣のある部屋が大寒波に見舞われたようだ。

「……誰？」

清和は新しい眞鍋組を構築するため、犯罪で金を稼いでいる構成員を容赦なく破門した。逆恨みしている元構成員は少なくはない。

「朝比奈《あさひな》っていう奴《やつ》です」

祐があっさりと明かした名に、氷川ははっとした。あれは慌ただしく東京を出立した日、清水谷《しみずたに》学園大学の医局の帰り道のことだ。待ち合わせ場所で送迎係のショウがホストクラブ・ジュリアスのホストを痛めつけていた。

「……朝比奈って聞いたことがある。確か、ここに来る前、ショウくんがジュリアスのホストの覚醒剤《かくせいざい》の売買を咎《とが》めて……」

ホストの名前は蓮《れん》に一輝《いっき》、女性客に請《こ》われて覚醒剤を手に入れた。入手先は眞鍋組の元構成員である朝比奈だという。

ジュリアスでも覚醒剤は禁止されているから、一輝と蓮は追放されたはずだ。

「そうです。その朝比奈です」

当然、祐もショウが一輝と蓮の覚醒剤所持を暴《あば》いたことは知っている。

「朝比奈っていう人は覚醒剤だけじゃなくて詐欺にも手を伸ばしていたの？」

「はい。なかなか腹の据わった汚い男です」

「清和くんなら朝比奈さんがどこにいるか知っているって警察は思っているの？」

氷川が胡乱《うろん》な目で尋ねると、祐は面白くなさそうに肯定した。

「そうです」

「……で、どこにいるか、清和くんは知っているの？」

氷川は祐ではなく諜報部隊《ちょうほうぶたい》を率いるサメに視線を流した。

ズーズーズーッ、とサメはわざとらしい音を立てて伊勢茶を飲んでいる。答える気はないらしい。

「ムカつきますが、取引に応じるしかない。眞鍋としてもこんなことに時間をかけている余裕はありません」

祐から警察を納得させる情報があるとわかり、氷川はほっと胸を撫《な》で下《お》ろした。

「警察に殴り込むなら僕も行く。人数をちゃんと揃《そろ》えて」

本当に情報だけで清和を解放してくれるのだろうか。点数稼ぎに危ないヤマを渡る話はあちこちで聞く。

「誰も殴り込むなんて言っていない。裏で取り引きするんです」

祐とサメからピリピリとしたものが発散されたが、氷川は構わずに宣言した。

「じゃあ、取引には僕が行く」

「サツは眞鍋の虎《とら》に弱い。すでに虎に行かせました。姐さんは朗報をお待ちください」

リキは剣道で高名な高徳護国流宗家《たかとくごこく》の次男坊であり、かつては鬼神と称《たた》えられた剣士だった。そして、警察関係者に高徳護国流派の門下生は多い。警察と交渉するにはうってつけの男だ。

「虎？　リキくんだね？　リキくんは東京なんでしょう？　そんなに待てない。清和くんが可哀相《かわいそう》だ」

「昨日、俺とリキさんは東京を出立しました。リキさんはサツと会っています」

祐は一呼吸置いてから、傲岸不遜《ごうがんふそん》な目で氷川を見つめた。

「氷川先生、二代目と別れる気はないのですね？」

なぜ、今さらそんなことをわざわざ確かめるのか。氷川は鼻白んでしまう。

「祐くん、わかっているでしょう。僕は何があっても清和くんと別れない。清和くんは僕のものだ」

花音の鋭利な矢に等しい言葉に氷川の心は貫《つらぬ》かれた。それでも、清和を想《おも》う気持ちは誰にも負けない。自分が誰よりも深く愛しているからいい。氷川は己に言い聞かせ、砕け散った心の破片を繋《つな》げた。

「二代目と別れないのならば、氷川先生は二代目を北海道《ほっかいどう》に連れていく気ですか？」

一瞬、祐が何を言ったのか理解できず、氷川はきょとんとした面持ちで聞き返した。

「……え？」

「眞鍋の情報網を侮《あなど》らないでください。諜報部隊がその気になれば、清水谷の情報なんてすぐに入手できます」

祐は横目でサメを睨《にら》みつつ、氷川に向かって手を振った。

「僕、北海道に行く気はないよ」

バレているのならば、隠す必要はない。

時に眞鍋組の情報網は国家権力に張り合う。腕利《うでき》きが抜けた穴が大きく、諜報部隊の弱体化が取り沙汰《とざた》されていたが、やっと元の力を取り戻したのかもしれない。

「神頼みで四方伝柳《しほうでんやなぎ》総合病院は回避できませんよ。指導教授も医局も四方伝柳総合病院もすっかりその気です。氷川先生の四方伝柳総合病院行きは決定」

ポン、と祐はテーブルに北海道の四方伝柳総合病院に関する資料を載せた。氷川は愛《いと》しい男が気がかりで、資料に目を通す気になれない。

「絶対に清和くんとは別れない。もう、さっさと清和くんを迎えに行こう」

氷川はドアに向かって歩きだしたが、祐に冷酷な声で止められた。

「氷川先生、冷静に考えてください。二代目と別れたくなかったらどうしたらいいか、あなたがまともに考えられないほど愚かだとは思いたくない」

花音さんより馬鹿《ばか》じゃないですよね、と祐が静かな迫力で氷川に退職を迫った。スマートな策士の最大の懸念は白百合《しらゆり》と称えられる核弾頭だ。

氷川が言《い》い淀《よど》んだ時、伊勢銘菓をポリポリ貪《むさぼ》るサメが視界に入った。摑みどころのないサメらしいが、今は無性に癇《かん》に障《さわ》る。

「サメくん、お菓子なんて食べている場合じゃないでしょう」

氷川が目を吊《つ》り上《あ》げても、サメの態度は変わらない。

「伊勢たまり餅《もち》もおかげ犬サブレもお多福饅頭《たふくまんじゅう》もなかなかです。姐さんも食いませんか」

「清和くんと一緒に食べる」

氷川が感情を込めて言った時、清水谷学園大学の医局からの着信音が鳴り響く。反射的に氷川は応対した。

果たせるかな、医局秘書ではなく北海道の四方伝柳総合病院の院長だ。

『……おお、氷川先生かね。旅行中にすまない。清水谷から嬉《うれ》しい連絡を受けたものでね。うちに来てくれるとお聞きした。感謝する』

四方伝柳総合病院の院長の言葉を遮るように、氷川は携帯電話に向かって怒声を発した。

「院長先生、ご自分の病院の内情を調べてください。四方伝柳総合病院の内情を把握していたら、そんなことは言えないはずです」

氷川は言うだけ言うと、携帯電話の電源を落とした。恐ろしいことに、氷川本人のあずかり知らぬところで話が進んでいる。こんなに暴力的な人事はない。……まあ、人事とはこういうものだが。

氷川は自分に突き刺さる祐とサメの冷たい視線を無視した。

「じゃ、僕は警察に行ってくる。清和くんを連れて帰る」

氷川の勢いに負けたのか、鉄砲玉《てっぽうだま》根性を危惧《きぐ》したのか、祐は渋々といった風情で腰を上げた。

「姐さん、サッに乗り込むなら俺を連れていってください」

祐が車のキーを手に、氷川の後に続く。

「わかった。祐くん、ついてきて」

いってらっしゃい、とサメはハンカチを振った。


氷川の怒りを表しているかのように、どしゃぶりの雨や突風は弱まらず、嵐の様相を呈《てい》してきた。

清和逮捕から目まぐるしい一連の騒動に、氷川はスマートな策士の底意地の悪さを感じる。

「祐くん、花音さんのことを含めて今まであったこと全部、祐くんのシナリオ通りに進んでいるんだね？　花音さんがどんなことをするか、わかっていたんだよね？」

祐がその気になれば五十鈴川の河原までいかなくても、どこかで花音のシナリオを止められたはずだ。氷川はそんな気がしてならない。

「何を仰《おっしゃ》るのですか」

ふ、と祐が鼻で馬鹿にしたように笑った時、氷川の視界に警察署が飛び込んできた。よくよく見れば、駐車場には黒塗りのメルセデス・ベンツやジャガー、アストンマーチンなどの高級車が並んでいる。どれもこれも眞鍋第三ビルの駐車場でよく見る高級車だ。

「……あれ？　あそこにいるのはショウくん？　卓《すぐる》くんや宇治《うじ》くん、吾郎《ごろう》くんもいる？」

眞鍋組の男たちは雨が降りしきる中、いつものように礼儀正しく、氷川を出迎える。

氷川がメルセデス・ベンツから降りた瞬間、すっ、と卓が傘を差した。

「姐さん、すみません。櫛橋《くしはし》組の奴らに手間取りました」

いっせいに土下座で謝罪するので、氷川は慌てて膝《ひざ》をついた。優しい手つきで、ショウの震える肩を抱く。

「みんなが謝ることじゃない。指なんて詰めたら許さないよ」

「本当に申し訳ありません」

ショウや卓、宇治や吾郎といった眞鍋組の男たちは、地面に擦《こす》りつけた頭を上げようとしない。彼らの背中から凄絶《せいぜつ》な苦悩が発散される。

「だから、みんなのせいじゃないよ。少しぐらい僕に怖い目に遭わせろって、祐くんに言われたんでしょう」

氷川が真顔で指摘すると、嘘《うそ》のつけないショウが両生類の断末魔のような声を漏らした。櫛橋組の容赦ない妨害に遭ったのは確かだが、祐の命令がなければ、もっと早く氷川の元に駆けつけられたのに違いない。

氷川は呻《うめ》き続《つづ》けるショウの手を取り、立ち上がらせた。卓や宇治、吾郎の手も優しく握り、立たせる。

「僕はみんなを信じていたから怖くはなかったよ」

氷川が聖母マリアのような微笑を浮かべると、祐は不愉快そうに口を挟んだ。

「少しぐらい怖がってください。反省してほしかった」

祐の本心が漏れた時、警察から長身の男がふたり、悠々と出てくる。尋常ならざる迫力だから遠目でもわかった。

「……あ、リキくん？」

ヤクザじみた刑事の傍らにいるのは、さらに逞《たくま》しいリキだ。眞鍋組の男たちはいっせいに姿勢を正すと、深々と頭を下げた。

それなのに、氷川の愛しい男の姿はどこにもない。リキが取引に失敗したと思いたくはなかった。

「リキくん、清和くんは？」

氷川がいてもたってもいられず、ヤクザじみた刑事とリキに駆け寄った。ほかの眞鍋組の男たちは駐車場で待機している。

「姐さんだな？」

ヤクザじみた刑事の言葉に、氷川はコクリと頷《うなず》いた。彼は清和を連行した刑事のひとりである。

「はい、清和くんは？」

氷川はきょろきょろ見回したが、愛しい男はいない。時間帯もあるのだろうが、署内は静まり返っている。

「姐さん、清和くんは覚醒剤を禁止したよな？」

予想だにしていなかった言葉に、氷川は目を丸くしたものの頷いた。

「はい」

「清和くんがマトリにマークされていた」

一瞬、ヤクザじみた刑事が何を言ったのか、氷川は理解できなかった。

地上を裂くような落雷が響き渡る。

氷川の頭上にも雷が落ちた。ようやく、正気を取り戻す。氷川はヤクザじみた刑事の顔をまじまじと見つめた。

「……マトリ？」

「麻薬Gメン、麻薬取締官《まやくとりしまりかん》だ」

麻薬取締官に詳しくはないし、今まで一度も意識したことはない。だが、まったく知らないわけではない。警察官ではなく厚生労働省の職員であり、薬物犯罪の捜査を行うスペシャリストだ。数年前、地方に配属された清水谷学園大学の医局員が、正規麻薬を横流しして、麻薬取締官に逮捕された。

「……え？　どうして清和くんが？」

「清和くんはマトリに捕まるようなことをしていたのかな」

「誰の罠《わな》ですか。清和くんはそんなことは絶対にしていない」

氷川が血相を変えた瞬間、長身の男がふたり、静まり返った廊下に現れた。刑事らしき精悍《せいかん》な男が連れているのは、氷川の命より大切な男だ。

目の錯覚ではない。誰かが化けた清和でもない。

清和くん、よく無事で、と氷川は反射的に署内に物凄《ものすご》い勢いで駆け込む。

「清和くんっ」

一瞬、清和は飛び込んできた氷川を見て動じたが、すぐに自分を取り戻した。無表情で不夜城の覇者としての迫力を漲《みなぎ》らせる。

警察に逮捕された時の態度で、極道としての価値が決まるという一説があった。狼狽《ろうばい》してはいけない。

「清和くん、清和くんっ」

氷川は涙目で清和に抱きつこうとしたが、リキに止められてしまった。

「姐さん、今は耐えてください」

目の前に清和がいるのに抱き締められない。こんなことがあっていいはずがない。氷川は無我夢中で腕を振り回し、リキの頬《ほお》を爪《つめ》で引っかいた。当然、最強と称えられた剣士はビクともしない。

「清和くん、清和くん……清和くんをどうする気？」

清和は涙目の氷川が辛《つら》いのか、視線を合わせようとはしない。傍らの逞しい刑事は、清和を追い立てるように進んだ。

その瞬間、氷川の脳裏にホストクラブ・ジュリアスで踊っていたホストが浮かぶ。人気急上昇中だというホストは一輝という名前だった。

「……ちょっ、ちょっと待って……君、そこの刑事……刑事じゃない……君はホストクラブ・ジュリアスの一輝くんでしょう？」

雰囲気は別人のように違うが、目鼻立ちはよく似ている。肩幅も胸板も身長も違うような気がするが、清和を拘束している刑事は軽薄そうだった一輝だ。

「姐さん……オーナーに倣《なら》って麗《うるわ》しの白百合と呼ぼうか。いつ見ても綺麗《きれい》だな」

誤魔化《ごまか》しても無駄だと悟ったのか、彼は自分が一輝だと認めた。ジュリアスにいた時とは声まで違う。

「一輝くん？　一輝くんがどうして？」

彼が麻薬Gメンです、とリキは低い声で氷川に告げた。ヤクザじみた刑事は肩を竦《すく》めている。

「……一輝くんが麻薬Gメン？」

女性客に覚醒剤を求められ、一輝はベテランホストの蓮と一緒に入手した。ほかでもない、眞鍋組の元構成員である朝比奈から。

ショウに問い詰められた場に氷川は遭遇している。

「俺たちは潜入捜査が許されている」

麻薬取締官がホストに化けて、ホストクラブ・ジュリアスに潜入していたことはわかったが、腑《ふ》に落ちないことばかりだ。

「……は？　一輝くんが麻薬Gメン……だからって、どうして清和くんを逮捕するの？」

「ちょっと話を聞くだけだ」

頑強な麻薬取締官はカフェに清和を連れていくように気軽に言う。清和とリキは鋭い視線だけで語り合っている。

「ちょっと話を聞くだけ？　清和くんにいったいなんの話を聞くの？」

氷川がきつい目で睨むと、一輝こと麻薬取締官は口元を軽く緩めた。

「眞鍋組の元構成員の朝比奈について聞きたいことがある」

「そんなの、リキくんが教えたはずだよ。清和くんを返して」

「眞鍋の二代目を捕まえたら、厚労省一の美人がヤらせてくれるって言いやがった」

真面目《まじめ》な顔で何を言っているのか、氷川は理解できず、怪訝《けげん》な顔で聞き返した。

「……は？」

表情は変わらないが、清和とリキも驚いたらしく、周りの空気がざわついた。ヤクザじみた刑事は豆鉄砲を食った鳩《はと》のような顔で固まっている。

「ちょっとだけ、昇《のぼ》り龍《りゅう》を借りるぜ」

「……い、いや、清和くんを返して」

リキも何か思うところがあったのか、氷川を制していた腕の力が緩む。その隙《すき》をのがさず、氷川は清和の腕を摑んだ。

「姐さん、俺はあの美人とヤりたくてたまらないんだ。あとちょっとだけだから我慢してくれ。あとちょっと、ほんのちょっとでいい」

麻薬取締官は一輝としての声音で氷川を宥《なだ》めようとした。言うまでもなく、氷川に承諾できるはずがない。

「ちょっと、ちょっとって許さないんだから」

清和の腕を一度摑んだら、二度と放さない。氷川は真っ赤な目で清和の右腕を強く抱き締め直した。

清和の表情はこれといって変わらないが、困惑していることは間違いない。救いを求めるように、無言でリキに視線を流す。

リキは修行僧のような顔で屈強な麻薬取締官を睨み据えていた。氷川を止めようとはしない。

「……あ〜ぁ、姐さんは顔に似合わず、物凄いじゃじゃ馬だな」

ホストクラブ・ジュリアスの在籍期間はそんなに長くはないが、眞鍋組の二代目組長を尻《しり》に敷いている姐の噂《うわさ》は知っているようだ。

「僕を爆弾魔にしたくなかったら清和くんを返して」

氷川が脅迫じみたセリフを口にすると、逞しい麻薬取締官ではなく清和の顔に影が走った。

「……ん、だから、俺はあの美人とヤりたくてたまんねぇ。もう長い間、お預けを食らっているんだ。ヤりまくったら清和クンは姐さんの手元に返すから」

厚生労働省の美女とどんな取引があったのか知らないが、氷川は耳を傾ける気にもなれなかった。

「わけのわからないことを言わないでほしい。それでも麻薬取締官なの？」

氷川は鬼のような顔で麻薬取締官を睨み据えた。怖い、と漏らしたのはリキの隣に佇《たたず》むヤクザじみた刑事だ。

「姐さんには負けた」

麻薬取締官は降参とばかりに天井を見上げた。

「僕は清和くんを誰にも渡したりしないよ」

「……わかった。清和クンは返す。返すが、諏訪《すわ》先輩にはちゃんと言ってくれ。兼世《けんせい》に思う存分エッチをさせてやれってな」

突然、厚生労働省のエリート官僚の名が飛びだし、氷川は腰を抜かさんばかりに驚いた。

「……は？　諏訪先輩？　……諏訪ってあの諏訪広睦《ひろちか》先輩？」

清水谷の誇りと称されていた美貌《びぼう》の秀才だ。清水谷学園大学の医局に行った日、同僚医師の紹介で、諏訪と初めて言葉を交《か》わした。その後、ショウに痛めつけられている一輝と蓮を見たのだ。

「諏訪先輩、美人だろ。あの人とヤりまくりたいんだ。頼んだぜ」

逞しい麻薬取締官は言うだけ言うと、警察署から出ていった。氷川は清和の腕を抱いたまま呆然《ぼうぜん》と見送る。

清和を拘束しようとする刑事は現れない。

「……いったい何？」

氷川の問いに清和は無言で答えた。頭脳明晰《ずのうめいせき》なリキにしてもそうだ。ヤクザじみた刑事の顔は遭難中の子供となんら変わらない。

カツカツカツカツ、というフェラガモの革靴の音が近づいてくる。眞鍋が誇る端麗な策士が乗り込んできたのだ。

「祐くん、これも祐くんのシナリオ通り？」

氷川は悠然とした様子で現れた祐に上ずった声で尋ねた。

「俺のシナリオに麻薬Gメンの登場予定はありませんでした」

祐は苦笑を漏らしながら、手をひらひらさせた。眞鍋組で一番汚いシナリオを書く参謀も予期せぬ、麻薬取締官の登場だったらしい。

「どういうこと？」

「サメの不手際です。締め上げます」

祐は調査を怠った諜報部隊のトップに怒りを向けた。氷川が腕を掴んでいる清和からもサメに対する鬱憤《うっぷん》が伝わってくる。

「……も、もう、何がなんだかわからない……けど、清和くんが戻ってよかった」

氷川のガラス玉のように綺麗な目から大粒の涙がポロポロと零《こぼ》れる。清和が連行されてからずっと、生きた心地がしなかった。

「すまない」

初めて清和は声を発した。いつもよりトーンが低いのは、氷川の気のせいではない。

「清和くん、いじめられなかった？」

「ああ」

氷川は愛しい男を心ごと抱き締めた。

もっとも、いつまでも警察署に留《とど》まっている場合ではない。何より、麻薬取締官の登場には不安が募《つの》るばかりだ。けれども、愛しい男が戻った。ようやく氷川の元に戻ってきてくれたのだ。

「清和くん、僕から離れちゃ駄目だよ」

氷川は清和の腕を摑み、車に乗り込んだ。

祐やリキ、ほかの眞鍋組の面々も、それぞれ車に乗り込む。

すべてを洗い流すような雨が降りしきる夜、眞鍋組一同の車は伊勢市駅付近にある旅館に向かった。

これで幕が閉じたわけではないとわかっている。だが、氷川は清和の無事を確かめて痛切に思った。

清和という最高の幸福を、決して手放したりはしない。

『龍《りゅう》の懺悔《ざんげ》、Dr.《ドクター》の狂熱《きょうねつ》』、いかがでしたか？

樹生《きふ》かなめ先生、イラストの奈良千春《ならちはる》先生への、みなさまのお便りをお待ちしております。

樹生かなめ先生のファンレターのあて先

〒112-8001　東京都文京区音羽2-12-21　講談社　文芸第三出版部「樹生かなめ先生」係

奈良千春先生のファンレターのあて先

〒112-8001　東京都文京区音羽2-12-21　講談社　文芸第三出版部「奈良千春先生」係

N.D.C.913　254p　15cm

樹生かなめ（きふ・かなめ）
血液型は菱型。星座はオリオン座。
自分でもどうしてこんなに迷うのかわからない、方向音痴ざます。自分でもどうしてこんなに壊すのかわからない、機械音痴ざます。自分でもどうしてこんなに音感がないのかわからない、音痴ざます。自慢にもなりませんが、ほかにもいろいろとございます。でも、しぶとく生きています。
樹生かなめオフィシャルサイト・ROSE13
http://homepage3.nifty.com/kaname_kifu/

講談社X文庫

white heart

龍《りゅう》の懺《ざん》悔《げ》、Dr.《ドクター》の狂《きょう》熱《ねつ》

樹《き》生《ふ》かなめ

●

2015年9月3日　第1刷発行

定価はカバーに表示してあります。

発行者――鈴木　哲
発行所――株式会社　講談社
東京都文京区音羽2-12-21 〒112-8001
電話　編集　03-5395-3507
販売　03-5395-5817
業務　03-5395-3615

本文印刷－豊国印刷株式会社
製本――株式会社国宝社
カバー印刷－半七写真印刷工業株式会社
本文データ制作－講談社デジタル製作部
デザイン－山口　馨

ISBN978-4-06-286876-1